KB272654

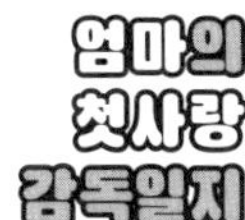
엄마의
첫사랑
감독일지

어느 날,
나를 엄마라고 부르는
아이가 나타났다.

변윤제
장편소설
엄마의 첫사랑 감독일지
슬로우리드

시간 여행자를 만난 건 구월의 일이다.

벚꽃비가 내리는 가을.

어처구니없는 꽃비 가운데, 그 애가 내게 걸어왔다.

때아닌 벚꽃 속에서 그 애는 말했다.
나의 미래가 어떻게 될 것이며, 자신이 온 목적은 무엇이며,
그리고 나의 첫사랑이 어떻게 되리라는 예언까지.

열네 살의 시간 여행자.

그런데 말이야,

그 아이의 이야기를 내가 곧이곧대로 믿었냐고?

목차

작가의 말

옥탑방 소녀의 첫 번째 예언

일요일 아침부터 집 안이 소란했다.

내 방과 잇닿은 계단에서 사람들이 분주하게 오가는 소리가 들렸다. 엄마는 이럴 줄 알았으면 마당을 더 정리할 걸 그랬다며 한숨을 뱉었다. 허, 정작 당사자 얼굴은 코빼기도 보이지 않는데.

"아니, 엄마가 이사 왔어!?"

"딸! 너도 빨리 와서 도와! 열네 살짜리가 혼자 이사 온다잖아. 그게 말이나 돼!?"

나는 입을 삐죽 내밀고 마당으로 나갔다. 슬리퍼를 꺾어 신은 채 초록 대문 밖 트럭을 노려보았다. '산당 리사이클'

이라 적힌 트럭에서는 중고 침대와 책상, 의자가 줄줄이 쏟아져 나왔다.

"어휴, 짐 나오는 것 봐. 딸, 먼저 가서 문이나 따놔."

"옥탑방 비밀번호가 뭔 줄 알고 문을 따?"

"거기 비번 네 생일이야!"

엄마의 고함이 내 귀를 때렸다. 귀를 틀어막고 슬며시 엄마의 행동을 지켜보았다.

3년이나 비어 있던 옥탑방에 새로운 이웃이 온다니. 심지어 그 이웃이 고작 열네 살이라니. 엄마의 참견병이 아예 이해되지 않는 건 아니었다.

사실 나도 의아하긴 했다. 그렇게 어린 애가 왜 이곳에, 그것도 혼자 이사를 오는 걸까. 여긴 산당이다. 국제중이나 대안학교가 있는 것도 아닌, 특별한 것 하나 없는 동네.

그때, 트럭 뒤에서 생각지도 못한 얼굴이 의자를 들고 나타났다.

"어, 우다현? 너 여기 살았어!?"

뜻밖의 목소리에 나는 슬리퍼를 고쳐 신었다. 휴일에 같은 반 남자애를 만날 줄이야.

"강성윤? 네가 웬일이야?"

"아, 우리 삼촌이 이 업체 사장님이거든. 원래 일하던 베트남 직원분이 잠깐 고향으로 가서서 주말엔 내가 대신 일하는 중.”

성윤이가 넉살 좋은 웃음으로 나를 바라보았다. 가만히 풀냄새가 번지고, 미지근한 바람이 우리 둘 사이를 가로질렀다. 주말 오전의 햇살이 이렇게 반짝이는 것이었나. 멋대로 접어 올린 그 애의 옷소매가 근사해 보였다.

나는 괜스레 딴청을 부리며 자리를 피했다.

“아아, 그렇구나. 나, 나는 잠깐 할 일이 있어서 먼저 들어갈게. 하, 학교에서 보자!”

허둥거리며 집으로 들어오는 내 꼴이 우스웠다. 나 엄청 바보 같았겠지. 강성윤 앞에서는 어쩐지 제대로 된 말이 나오지 않는다. 내 사고와 논리가 다 무너지는 느낌이다. 성윤이랑은 더 오래 대화하고 싶은데, 간단한 인사말 나누기도 쉽지 않다. 도대체 왜 이러는 걸까.

아침의 소란은 한 시간도 되지 않아 마무리되었다. 정작 이사 온다는 그 애는 도착도 안 했는데 말이다. ‘너는 네 친구가 가는데 인사도 안 하니?’라는 엄마의 타박에 대문 밖으로 빼꼼 얼굴을 내밀었다.

“강성윤, 잘 가!”

벌써 트럭에 올라탄 성윤이는 차창 밖으로 팔만 흔들어 댔다. 경쾌한 손 인사가 골목 끝으로 점점 멀어져 갔다.

그나저나 오늘 이사 오는 애는 누구일까. 무슨 사연이 있기에 중학교 1학년짜리가 벌써 독립하는 걸까. 하긴 원래 모든 집엔 여러 사정이 있는 법이다. 내 친구 문혜준만 해도 집에서 거의 혼자 살다시피 한다. 그러고 보니 이 공붓벌레는 요새 연락도 없고 뭐 하고 사는지 모르겠네.

여러 생각에 빠진 내 등 뒤로 엄마의 고함이 쏟아졌다.

"다현아, 휴지 좀 사와! 애기 이사 오는데 선물로 휴지라도 줘야지!"

어느새 옥탑방 소녀의 호칭은 '애기'로 결정되었나 보다. 하긴 나도 한 번도 본 적 없는 그 애를 옥탑방 소녀라고 찰떡같이 부르고 있으니.

하여간 살기 힘든 동네다. 골목을 따라 십여 분을 걸어가야 편의점이 하나 나온다. 그 편의점에서 한참 더 걸어 올라가면 버스 정류장이 나온다. 옆 동네는 지방의 신도시, 혁신 도시라고 말하지만 우리 동네는 행정 구역만 바뀐 시골 동네다. 논밭을 따라 걷다 보면 갑작스럽게 아파트 단지가 나오는 희한한 동네. 대형 마트와 다있소, 올리브용이 생긴 게 가장 중요한 변화랄까.

그래도 골목 곳곳의 풍경은 세상 어디에 내놓아도 자랑할 법하다. 지금도 담장을 넘나드는 가지 사이, 오래된 나무 특유의 짙은 초록이 마을을 수놓고 있다.

그런데…… 지금 저기 골목 한가운데에 느닷없이 벚꽃이 피어 있었다.

“뭐, 뭐, 뭐야. 날씨가 미친 거 아니야?”

어처구니가 없어 괜히 벚꽃을 흘겨보았다. 아무리 날씨가 따뜻하다지만 지금은 구월이다. 찬란한 분홍색 향연은 이 계절과 전혀 어울리지 않는다고.

“하, 기후 위기라더니 세상이 진짜 이상해졌네.”

그때였다. 벚꽃길 저편에서 한 아이가 나타나 내 쪽으로 걸어왔다. 처음 보는 얼굴이라 나도 모르게 시선이 갔다. 그러자 그 아이는 내 얼굴을 빤히 쳐다보며 인사를 건넸다. 단발머리에 나보다 키가 두 뼘 정도 작은 애였다.

“안녕하세요.”

나는 그 애를 물끄러미 바라보았다. 설마 이 애가 오늘 이사 오는 애인 건가. 열네 살이라고 전해 들었는데 잘못 보면 초등학생으로 오해할 정도의 외모였다. 중학생치고도 작은 키, 앳된 얼굴이었기 때문에.

“우다현…… 맞죠?”

아이가 내 이름을 정확히 말해서 놀라고 말았다. 엄마가 언제 알려주었나. 수다쟁이 엄마라면 내 이름부터 이모 이름, 동네 통장님 이름까지 말했다 해도 이상할 건 없었다.

“어…… 맞아. 혹시 네가 오늘 우리 집에 이사 오는 애야?”

그 애는 가볍게 고개를 끄덕였다. 그러고선 대뜸 믿을 수 없는 얘기를 꺼냈다.

"어떻게 말해야 할지 잘 모르겠으니까 그냥 사실대로 다 말할게요."

"어? 뭘?"

그 애는 제법 진지한 목소리로 설명하기 시작했다.

"저는 미래에서 왔어요."

"뭐라고?"

때마침 거대한 구름이 골목을 덮쳤고, 하늘의 그림자가 옥탑방 소녀의 눈 속에 스며들었다.

"저는 미래에서 왔고, 믿을 수 없겠지만 당신의 딸이에요. 그러니까 당신이 우다현이 맞다면요."

나는 황당한 소리에 두 눈만 끔벅거렸다. 이 애는 대체 무슨 얘기를 하는 걸까. 하지만 소녀의 말은 아직 끝나지 않았다.

"엄마랑 아빠가 너무 싸워서 과거로 왔어요. 그 원인이 이 시간대에 있거든요."

"응……? 네가 대체 무슨 얘기를 하는 건지 모르겠어."

"있는 그대로 들으면 돼요. 저는 우리 집의 평화를 지키기 위해, 그리고 엄마랑 아빠의 연애를 도우려고 왔어요."

"내 연애를 도우려고 왔다고?"

"네, 엄마의 처음이자 마지막 연애요. 엄마는 처음 사귄 사람이랑 결혼하게 돼요. 물론 지금은 모솔이지만."

나는 어이가 없어서 그냥 웃고 말았다. 내 앞에 있는 아이가 나의 딸이고, 나의 연애를 도와주기 위해서 미래에서 왔다니. 이게 대체 무슨 해괴망측한 소리란 말인가. 주변을 둘러보았다. 혹시 요즘 유행하는 너튜브 콘텐츠 같은 건가. 하지만 카메라 같은 건 어디에도 보이지 않았다.

"못 믿겠어요?"

"그런 말을 바로 믿어버리면 문제 있는 거 아닐까?"

"흠…… 그건 그렇네요."

그 애는 잠시 얼굴에 미소를 지었다. 신기한 웃음이었다. 처음 보는 얼굴과 미소였는데, 마치 수백 번은 마주한 것 같은 기시감이 들었다.

잠시 가방을 뒤지던 소녀는 작고 보드라운 손을 내게 내밀었다.

"우산이에요. 받아요."

"응?"

"또 봐요. 오늘 내리는 비는 100년에 한 번 올까 말까 한 소나기니까 조심하고요."

그 애는 그 말만 남기고 불쑥 사라져 버렸다. 믿기지 않을 정도로 빠른 몸동작이었다.

소녀가 사라지자마자 정말로 비가 내렸다. 돌풍이 치고, 거센 비가 벚꽃잎을 마구 떨어뜨렸다.

"진짜 이상해. 정말 이상하다. 이상해."

불과 십 분 전만 해도 햇살이 쏟아지던 하늘에서 비가 내리다니. 창공 어딘가에 구멍이 뚫린 것처럼, 누군가 길을 따라 내려오는 것처럼 비가 왔다. 그야말로 엄청난 폭우였다. 나무에 피어 있던 벚꽃은 순식간에 벚꽃비로 변했다. 분홍색 그물 아래 나는 멍하니 서 있었다.

집에 돌아오니 티브이에선 뉴스가 나오는 중이었다.

"100년 만의 기록적인 소나기가 전국을 강타했습니다. 기상청은 기후 변화의 여파라며, 예기치 못한 비에 다음 주까지 각별한 주의가 필요하다고 밝혔습니다."

옥탑방 소녀의 첫 번째 예언은 적중했다. 나는 입을 헤벌쭉 벌린 채 화면을 쳐다만 보았다. 갑자기 엄청나게 피로해졌다.

뭘까, 그 애.

나는 일기도 쓰지 못하고 침대에 누워버렸다. 아, 샤워도 안 했네. 몰라, 모르겠다. 오늘은 그냥 대충 자자.

밴드부실에서의 재회

귀신 같던 소나기는 순식간에 그쳤다.

"길었던 무더위와 가을 가뭄을 끝장낸 변덕스러운 소나기였습니다. 한 시간 만에 50mm 이상을 퍼부은 가을비 이후 마침내 날씨가 선선해졌습니다."

아침 뉴스를 뒤로하고 나는 등굣길에 나섰다.

학교 앞을 가로지르는 개천의 물이 불어난 탓에 다리를 건널 수가 없었다. 가뜩이나 가기 싫은 학교인데 이십 분을 빙 돌아서 후문으로 들어가야 한다니…….

핸드폰으로 개천 영상을 찍다가 그만두었다. 흔하다, 흔해. 아마 오늘 같은 날 우리 반 절반 이상은 이 개천을 브이로그랍시고 찍고 있을 것이다. 며칠 뒤면 전공 수행평가인데 도대체 무슨 영상을 찍어야 할까. 이런저런 생각을 하던 내 눈앞에 어느새 학교 간판이 등장했다.

산당영상미디어고등학교.

이곳이 바로 내가 다니는 특성화 고등학교다. 시대의 변화를 민첩하게 잡아내는 변화의 산증인. 산당공고였던 것이 산당통신고로 변했고, 그 뒤 산당통신영상고 시절을 거쳐 산당영상미디어고등학교로 최종 진화했다.

나의 전공은 '미디어크리에이터' 전공이다. 새로운 K-미디어 시대에 발맞추어 창작 인재를 육성하는 아주 중요한 전공으로, 한마디로 정리하자면 너튜버를 키운다는 말이다. 반 아이들 대다수는 긱톡, 너튜브, 인별을 하루 종일 붙잡고 살다가 갑자기 재능이 샘솟은 경우이다.

나라고 별다를 건 없다. 공부하는 게 싫었는데, 너튜브 콘텐츠를 만들어 보면 어떨까 하는 생각이 불현듯 중3 막바지에 들었다. 입학 후에 찍은 영상도 긱톡과 너튜브 브이로그 정도이다. 심지어 브이로그는 수행 준비가 아니었다면 촬영하지 않았을 거다.

전공 담당 선생님은 말씀하셨다.

‘콘텐츠는 특별한 게 아니야. 너희가 가장 관심 가는 취미를 찍어보렴. 나는 너희의 평소 모습이 제일 재밌는데.’

어휴, 선생님. 선생님은 저희를 하루에 두 시간씩만 보셔서 그렇겠죠.

학교에 도착하자마자 나는 교실이 아닌 지하로 향했다. 출석이야 뭐, 반장이 대신 손을 들어줄 것이다. 톡은 이미 보내놨으니까. 습한 공기를 뚫고 계단을 내려가면 동아리실이 모여 있는 복도가 나온다. 그리고 그 복도 끝에 나의 아지트가 있다.

산당통신 밴드부실.

무려 십수 년 전에 사라진 산당통신고의 흔적이 바로 이 교실에 있다. 나는 삐걱거리는 소리와 함께 아지트의 문을 열었다. 퀴퀴한 냄새가 나긴 해도 제법 관리가 잘되어 있는 동아리실이다. 당시 교장은 수시에 도움이 될 특기라며 밴드부를 만들었다. 산당공고 시절에 있던 포크 동아리를 부활시켰다나 뭐라나. 하지만 학생들의 생각은 교장과는 조금 달랐다.

"이야, 역시 록은 하드록이지."

나는 불을 켜고 밴드부실 벽면에 수놓아진 위대한 로커들의 흔적을 보았다. 마릴린 맨슨, 린킨 파크, 스콜피언스, 퀸, 레드 제플린. 모두 이곳에서 만난 록밴드이다. 희한한 비주얼에 이끌린 나는 곧장 너튜브 영상을 찾아봤고, 이 로커들과 사랑에 빠지고 말았다. 그리고 그건 10년 전의 선배들도 마찬가지인 모양이었다.

생활 기록부에 도저히 적을 수 없는 온갖 음악 활동이 밴드부실을 빼곡히 채웠고, 그들은 홀연 사라졌다. 그 전설은 우리 학교에 이렇게 전해질 따름이다.

'전교 1등을 하던 녀석이
록밴드를 하겠답시고 공부를 때려치웠어.
그것뿐이야? 밴드부 놈들 다 뭐 하고 사는지 몰라.
취업도, 대학도 엉망이 됐어!'

그 선배들은 지금 뭐 하고 살까. 알 수 없는 노릇이다. 선생님은 선배들의 현재는 들려주지 않으니까. 그저 선배들이 잡다한 활동에 심취했다는 얘기를 전래 동화처럼 반복할 뿐이다.

나는 밴드부실 중앙에 놓인 가죽 소파에 털썩 주저앉았

다. 그래도 제법 지원을 많이 받았는지 밴드부실 안에 있는 모든 가구와 악기는 놀랄 만큼 멀쩡하다. 왜, 좋은 가구는 사면 10년 넘게 족히 쓴다고 하지 않는가. 이 소파가 주는 편안함이 내가 이곳을 아지트로 정한 이유기도 하다.

물론 모든 게 멀쩡한 건 아니다. 아무리 눌러도 작동이 안 되는 고물 데스크톱도 밴드부실 한편에 널브러져 있다. 믿기지 않을 만큼 깨끗한데 전원이 들어오지 않는다. 하기야 아무도 쓰지 않는 밴드부실의 모든 게 멀쩡하면 그게 더 이상한 일이다.

그 누구도 복도 끝의 이 해체된 밴드부실까지 오지 않는다. 게다가 이곳은 귀신이 나온다는 소문까지 도는 중이다. 아마 내가 밴드부실을 들락날락해서 그런 것 아닐까. 하지만 소문의 진실을 밝힐 이유 같은 게 무어란 말인가. 곰팡내가 나더라도 이 편안함만큼은 이 학교에서 오직 나만이 누릴 수 있는 것이다. 매일 쓸고, 닦고, 환기하고, 내 방처럼 관리하는 내가 말이다. 그런 잡다한 생각에 빠져들던 찰나, 문이 열리는 소리가 들렸다.

"누, 누구야!?"

의외의 방문객에 나는 눈을 휘둥그레 뜰 수밖에 없었다. 도대체 저 아이가 여기 왜 있단 말인가.

"저예요. 엄마."

자신을 나의 딸이라고 주장하는 꼬맹이. 그래, 옥탑방 소녀가 갑자기 나의 안락한 아지트 문을 열고 등장했다. 똑단발의 말간 눈동자가 물끄러미 나를 보고 있었다.

엄마의 첫사랑

"너 여긴 어떻게 들어왔어?"

나의 질문에 옥탑방 소녀가 머리를 갸웃거렸다. 짧은 머리가 명주실처럼 흔들거렸다. 그 애는 뻔뻔하게도 이렇게 답했다.

"걸어……서요?"

"날아서 오진 않았겠지!"

어처구니가 없어 언성을 그만 높이고 말았다. 그 애가 씩- 웃음을 짓더니 내 쪽을 향해 걸어왔다. 그러더니 품에서 작은 노트를 하나 꺼냈다. 두 눈을 의심했다. 도대체 내 다이어리가 왜 저 애에게 있을까. 아니야, 비슷한 디자인의 문구류가 세상에 얼마나 많은데. 두 눈만 말똥거리는 내 앞으로 그 애의 한마디가 떨어졌다.

"엄마 다이어리 보고 왔어요. 매일 일기 쓰잖아요."

"설마 우리 집에서 내 다이어리 훔쳤어?"

"딸을 너무 의심하는 거 아니에요?"

그 애는 짧은 한숨을 쉬더니 다이어리를 펼치고는 촤르륵 넘기며 보여주었다. 그 안에 적힌 건 분명 나의 글씨인데, 내가 쓰지 않은 날짜까지 일기가 이어져 있었다.

"이렇게 보여주면 믿을 거예요? 믿기 어려우면 오늘 집 가서 확인해 보세요. 책상 첫 번째 서랍에 다이어리를 넣어두었잖아요."

"헉."

나도 모르게 숨을 죽였다. 그 애가 다시 맑은 웃음을 지어 보였다. 그리고 천천히 내 쪽을 향해 걸어왔다. 곰팡내를 휘젓는 걸음이 말을 이었다.

"엄마는 미래에도 늘 책상 첫 번째 서랍에 다이어리를 보관해요. 그리고 일기 쓰는 건 엄마의 가장 소중한 취미라서 그만두지 않고 계속하고요."

"그러니까 지금 나보고 네가 미래에서 왔단 걸 믿으란 얘기지?"

"그렇죠. 아직도 못 믿겠어요? 도대체 어떻게 해야 제가 딸인 걸 믿어줄래요? 친자 검사라도 해야 하나.”

그 애는 장난스러운 표정으로 머리카락을 하나 뽑았다. 하늘거리는 얇은 머리카락이 나를 놀리는 것처럼 휘적거렸다.

“돼, 됐어! 머리카락 치워!”

“알았어요.”

옥탑방 소녀는 내 옆을 스쳐 벽을 향해 걸어갔다. 위대한 로커들이 수놓아진 명예의 전당을 향해서. 그 애는 밴드를 하나씩 가리키더니 문득 이런 말을 했다.

“엄마는 여기 붙어 있는 모든 록밴드를 좋아하지만, 최애 록밴드는 따로 있죠?”

“응?”

“엄마의 최애 록밴드는 엑스 재팬이잖아요. 가장 좋아하는 노래는 엔드리스 레인, 인생 영화는 보헤미안 랩소디죠. 아, 엄마가 지금 신은 양말 색은…… 잠시만요.”

그 애는 잠시 머뭇거리더니 오른손에 들고 있던 다이어리를 펼쳤다. 그러고선 정말로 내 양말 색깔을 맞혀버렸다.

“지금 신고 있는 양말은 회색. 아버지 양말이랑 착각해서 신은 탓에 자꾸 벗겨지고 있죠. 그래서 짜증이 잔뜩 난 상태입니다.”

입이 쩍 벌어졌다. 아무 말도 할 수 없었다. 나는 침을 꿀꺽 삼키며 그 말을 부정하려 들었다.

“짜, 짜증이 잔뜩 나진 않았어.”

“이 일기를 적을 무렵엔 잔뜩 짜증이 났나 봐요. 그러기 전에 갈아 신을래요? 시험해 보고 싶은 것도 하나 있는데.”

그 애가 나를 향해 포장되어 있는 새 양말 한 켤레를 내밀었다. 나는 못마땅한 표정으로 그걸 받아 들었다. 조금씩 이 애의 황당한 말이 믿기기 시작했기 때문이다.

“시, 시험하고 싶은 게 뭔데.”

“어, 변했어요!”

그 애가 나를 향해 다이어리를 내밀었다. 그러고선 들뜬 눈으로 마구 말을 뱉기 시작했다.

“왜, 시간 여행이란 게 등장하는 작품마다 조금씩 다르잖아요. 어떤 영화에선 과거를 바꾸면 미래도 바뀌지만, 어떤 만화에선 과거를 바꿔도 미래가 전혀 달라지지 않잖아요.”

“그렇지?”

“그걸 시험해 본 거예요. 엄마 아빠의 사건이 바뀌었을 경우 미래도 달라지는지 보려고요. 근데 봐봐요.”

녀석이 내게 다이어리를 보여주었다. 그러자 놀라운 광경이 눈앞에 펼쳐졌다. 다이어리의 글씨가 마치 누가 고쳐 적는 것처럼 천천히 수정되기 시작했다. 흑연이 번지고, 저절로 글자가 변해갔다. 일기 내용은 완전히 달라졌다.

“널 만나서 양말을 받은 걸로 내용이 바뀌었네?”

"네. 제가 지금 양말을 건네서 미래가 달라진 거예요."

"어, 어제는 일기 안 변했어? 내, 내가 너를 처음 만난 건 어제잖아."

"내용이 변한 건 아니고 갑자기 어제 일기가 다 지워졌어요. 그래서 미래가 달라지는지 확신할 수 없었죠. 근데 이제 알겠어요. 이 시간 여행은 반드시 미래를 바꿀 수 있어요."

옥탑방 소녀의 입가에 기쁜 미소가 머금어졌다. 이젠 믿지 않을 수가 없었다. 내 눈앞에서 일기의 내용이 변하는 것까지 목격했는데 어떻게 안 믿는단 말인가. 나는 그 애를 향해 천천히 물어보았다.

"그래서 네가 바꾸고 싶은 게 뭐야? 내 첫사랑, 그러니까 네 아빠는 누구인데?"

나는 천천히 침을 꿀꺽 삼켰다. '첫사랑'이라고 발음하자마자 머릿속을 스쳐 지나가는 근사한 옷소매가 있었다. 주말 아침 햇살을 누구보다 반짝이게 만든 남자애. 건장한 팔뚝이 눈앞에 어른거렸다. 그래, 강성윤 그 애 말이다.

그런데 옥탑방 소녀의 입에서 나온 건 완전히 엉뚱한 이름이었다.

"엄마의 첫사랑은 문혜준이에요. 그 사람이 바로 제 아빠죠."

"뭐, 뭐라고? 혜준이? 문혜준이 내 첫사랑이라고? 아, 아니, 네 아빠가 문혜준이라고!?”

터무니없는 이름에 나는 말을 더듬었다. 문혜준이라니. 기저귀 찬 시절부터 알고 지낸 친구 이름이 왜 나온단 말인가. 고등학교에 들어간 후로는 내 연락도 잘 받지 않는 공붓벌레. 그 재수 없는 자식이 내 첫사랑, 심지어 미래 내 남편이라고!?

“야, 말도 안 되는 소리 하지 마. 문혜준이랑 결혼한다고? 웩, 비위 상해서 오늘 저녁은 못 먹겠네.”

“지금은 뭐 그렇게 생각할 수도 있겠네요.”

옥탑방 소녀는 가죽 소파에 털썩 주저앉았다. 그러고는 천진한 웃음으로 미래에 대한 예언을 또 한 번 건넸다.

“엄마와 아빠는 조만간 엄청나게 큰 사건에 휘말리게 돼요. 그리고 두 사람은 10년 넘게 절교하게 되죠. 그러다가 결국 결혼하지만 고등학생 시절 그 일 때문에 결혼 후에도 종종 다퉈요. 얼마나 시끄럽던지. 그리고 엄마 말이 맞아요. 엄마는 아마 고등학교 1학년 때는 그렇게 좋아하지 않았을걸요? 근데 아빠는 좀 달라요.”

“아빠는 다르다고? 그, 그러면 문혜준은 날 좋아한다는 거야?”

“엄마가 아빠를 생각하는 것보다는요?”

“야, 내가 걔한테 연락 더 많이 해! 톡은 주로 걔가 씹는다고! 이 공붓벌레는 아침에 톡 보내놓으면 다음 날 저녁에 답장하는 애야!"

황당함에 얼굴이 뜨겁게 달아올랐다. 문혜준이 나를 좋아한다니 이게 무슨 얼토당토아니한 소리란 말인가. 그러나 옥탑방 소녀는 아무렇지 않게 대답을 이어갔다.

"그거야 아빠는 의대 가려고 열심히 공부 중이니까 그러죠. 아빠도 아빠 나름대로 답답할 거예요."

"너, 걔가 의대 준비한다는 것도 알아?"

"엄마 양말 색도 아는데 그걸 모르겠어요?"

나는 꿀 먹은 오소리처럼 입을 다물었다. 그 애의 말이 맞았다. 내 양말 색도 맞히는 애가 그런 사실을 모르겠는가.

"저는 엄마와 아빠의 첫사랑이 아름답게 이루어지면 좋겠어요. 그래서 그 사건이 잘 마무리되길 바라요. 어차피 나중에 결혼하게 되는데 10년이나 절교할 필요가 뭐가 있어요?"

나는 입을 다문 채 그 애를 빤히 쳐다보았다. 어쩐지 궁금해지는 게 있었다. 옥탑방 소녀를 향해 마지막 궁금증을 털어놓았다.

"그 사건이란 게 뭔데?"

옥탑방 소녀는 장난스러운 표정으로 입에 검지를 갖다 대었다. 쉿, 조용히 하라는 포즈와 함께 당황스러운 말이

건네졌다.

"그건 비밀!"

"장난해!?"

"아, 맞다. 제 이름은 차연이에요. 문차연. 그건 그렇고 이제 교실로 올라가는 거 어때요? 여기 적힌 내용에 따르면, 이번 조회 시간엔 2학기 중간고사 관련해 공지한다고 하네요."

"나 중간 관심 없는데?"

"엄마는 관심 없어도 엄마 담임은 관심이 많나 봐요. 잔소리를 한 시간 넘게 들었다고 일기에 적혀 있네요?"

"이런."

나는 서둘러 자리에서 일어났다. 사건이 뭔지는 나중에 들어도 좋다. 담임은 대부분 상냥하지만 화나면 장난 아니라고. 잔소리를 한 시간이나 듣다니. 그런 생지옥은 반드시 피해야 한다.

"야, 아무튼 그러면 또 보자!"

그녀의 마음이 진심이라서

이런, 한발 늦었다.

교실에 도착하니 반장이 내게 다가와 어깨를 두들겼다. 측은한 표정의 긴 생머리가 나를 바라보았다.

"우다현, 담임이 교무실로 오라던데?"

"악! 얼마나 잔소리하려고!"

"그러게 조회 시간에 어디 갔었어. 오늘은 꼭 앉아 있으라고 담임이 신신당부했잖아."

"아, 몰라. 이제 수업 시작하니까 그냥 쩰 거야. 1교시 집중해서 듣다가 호출 깜박했다고 해야지."

반장은 나를 달래듯 어깨를 두어 번 더 두들겼다. 그 애가 시간표를 가리키며 잔인한 사실을 알려주었다.

"1교시 담임 시간이잖아. 중간 앞두고 자습이란다. 너는 특별 호출이고."

"으, 으, 으악!"

머리를 부여잡고 소리를 질렀다. 담임은 쓸데없이 철저하다니까. 하긴 수업 시간이 코앞인데 왜 교무실로 호출하나 했다. 괴로워하는 내 옆으로 누군가 손을 내밀었다.

"괜찮아, 우다현? 단 거라도 좀 먹을래?"

쑥- 하는 손길과 함께 바나나우유를 내민 사람, 그건 강성윤이었다. 나는 헝클어진 머리를 정리하며 고개를 저었다.

"아, 아니야. 바로 교무실 가봐야 하니까 마음만 받을게."

"그러면 마음 말고 주머니로 받아. 나중에 먹으면 되잖아."

강성윤이 능글맞은 웃음과 함께 재차 우유를 건넸다. 거절하기 힘든 부드러운 미소. 우유의 노란빛이 오늘따라 유난히 따뜻하게 느껴졌다.

"잘 먹어! 난 오늘 현장학습!"

성윤이 그 말만 남기고 급히 교실을 떠나버렸다. 1학기 때부터 저랬다. 일주일에 두어 번은 현장학습이라며 학교를 떠나 있었다. 도대체 무슨 학습을 그렇게 하는 걸까. 은근히 비밀이 많다니까.

그 애가 건넨 우유를 받아먹으려던 찰나, 뒷자리가 소란해졌다.

"흑…… 흐, 흐으윽."

늘 수다스럽던 민지가 어깨를 들썩거리며 울고 있었다. 도대체 무슨 일일까. 나는 그 애 곁으로 다가갔다.

"장민지, 뭔 일 있어? 왜 아침부터 울고 그래."

"내 남친…… 오늘 서울 갔어."

민지가 울먹이며 답했다. 그 말에 교실이 일순간 조용해졌다. 산당은 좁은 동네다. 옆 학교에서 벌어진 사건 사고 소식도 순식간에 온 마을로 퍼져나간다. 민지의 남자친구는 지난 1학기 기말고사 때 어디선가 유출된 문제로 시험을 쳤다. 잘못 출제된 주관식 정답까지 그대로 적은 탓에 그 사실을 걸리고 말았지만.

민지가 울먹거리며 억울함을 토로했다.

"그거 걔 잘못 아니야. 브로커가 있다니까. 우리 지역에 학교 문제를 유출하는 새끼가 있대. 그 새끼가 인별 돌아다니면서 한 명씩 찔러본다니까? 내 남친은 다 장난인 줄 알았대."

그게 대체 뭐가 중요할까. 유출된 문제로 기말고사를 보면 안 된다는 건 초등학생도 알 수 있는 당연한 사실이다. 나만 그런 생각을 하는 것은 아닌지 민지 주위에서 수군거리는 소리가 번졌다.

"근데 문제를 산 거 자체가 잘못 아니야?"

"시험에 진짜 목숨 건다."

애들은 남의 일이라고 쉽게 말했다. 다른 애들의 수군거림에 민지의 낯이 화끈 붉어졌다. 이렇게 있다간 반에서 더 큰 소란이 날 것 같았다. 나는 민지의 어깨를 토닥이며 중재했다.

"동네방네 소문낼 거 아니면 민지 너도 여기서 그만해. 사실 뭐, 잘한 건 없잖아."

그 애가 나를 원망스러운 눈으로 쳐다보았다. 다시 엎드려 어깨를 들썩이는 모습이 한편으로 짠하긴 했다. 나는 말을 돌릴 겸 괜히 큰 목소리로 외쳤다.

"나는 교무실 간다!"

복도엔 아침 햇살이 느리게 스며들었다.

시험 문제를 유출하는 브로커라니. 그런 건 영화에서나 보는 건 줄 알았다. 대체 어떻게 알고 접근하는 걸까. 우리 학교에도 설마 그런 문제가 터질까. 잠시 고민하다가 고개를 절레절레 저었다.

이곳은 '산당영상미디어고등학교'다. 누가 시험에 그렇게까지 열중한단 말인가.

보아라. 수업 시작까지 얼마 남지도 않았는데, 남자애들은 복도에서 슬리퍼 축구를 한다. 여자애들은 그 곁에서 수

다를 떨고 있다. 고등학생이라기보단 초등학생에 가까운 유치한 행동들. 중간고사가 코앞인데 말이다.

생각 없는 웃음소리가 점차 마음을 편안하게 했다.

교무실 문을 열자마자 담임의 목소리가 나를 덮쳤다. 낮고, 무거운 음성이 정확히 내 쪽을 향해 들이닥쳤다.

"우다현, 얼굴 보기 힘들다? 네 출석을 너보다 반장이 더 많이 해주는 것 같아?"

담임은 날카롭게 말했지만 나는 배시시 웃을 수밖에 없었다. 그 말에 틀린 것도 없다. 이럴 때는 유머와 능청을 겸비하여 상대해야 한다. 괜히 열을 돋웠다가는 십 분 들을 잔소리, 삼십 분 듣는다.

"이게 다 우리의 반장 예리가 훌륭한 까닭이죠! 예리가 반의 일거수일투족을 챙겨주니 제가 출석할 틈이 어디 있겠습니까!"

"어이구, 말이나 못하면……. 와서 앉기나 해."

온갖 재롱을 피웠는데도 담임의 표정은 풀리지 않았다. 큰일 났다. 오늘은 단단히 혼낼 생각인가보다. 내 장난을 받아주지도 않다니.

"너 도대체 왜 그래?"

"네?"

“대답만 잘하면 다야? 어떻게 된 게 성적이 입학 이래로 계속 떨어져? 입학할 때는 차석으로 들어왔잖아. 근데 지금은 왜 이래? 이번 중간에 더 떨어지면 각오해.”

결국 그 얘기였나. 성적 신경 쓰기 싫어서 특성화고에 왔는데, 이곳에서도 성적 압박을 받는 건 매한가지다. 듣는 둥 마는 둥 고개를 숙이고 있는데, 담임의 잔소리가 또 한 번 쏟아졌다.

“아무리 미디어크리에이터 전공이어도 공부는 해야 돼. 바로 취직할 거 아니고, 대학 갈 거잖아? 희망 진로도 그렇게 적어놓고 왜 공부를 안 해?”

“네, 알겠습니다.”

“‘알겠습니다’가 아니라……. 선생님은 진짜로 걱정돼서 하는 얘기야. 다현이 너는 기초가 좋아서 조금만 해도 오를 텐데 왜 그러는 거야?”

기초가 좋다는 그 말이 내 부아를 돋웠다. 중학교 때야 벼락치기 몇 번만 해도 성적이 괜찮게 나왔다. 하지만 그게 공부 기초가 있다는 것과는 거리가 멀지 않나. 담임이 더 잘 알 텐데 왜 날 들볶을까. 나는 나도 모르게 빈정거리듯 대꾸하고 말았다.

“너튜버 지망하는데 공부가 뭐가 중요해요? 그리고 저 아직 반에서 1등이잖아요.”

버릇없는 말투에 담임의 미간이 찌푸려졌다. 잠시 한숨을 내쉰 담임이 곧바로 나를 향해 잔소리 폭탄을 쏟아냈다.

"우다현! 네가 뭐 실버 버튼이라도 받은 너튜버야? 너튜브 채널로 수익이라도 내? 그리고 뭐 반에서 1등? 전교 등수 쭉쭉 떨어지는 거 몰라서 이래!?"

씩씩거리던 담임이 다시 한숨을 내쉬었다. 나를 노려보던 담임은 갑자기 내 손을 붙들었다. 그녀의 손에서 상큼한 레몬 향이 났다.

"다현아, 선생님은 진짜 다현이가 걱정돼서 그래. 지금 좋은 방향 잘 잡아두면 이후에도 편해. 우리 애들 어차피 다 공부 그냥저냥이잖니. 내신 관리만 잘해도 인서울 할 수 있어."

담임의 눈빛은 그 말이 진심이라는 것을 말해주었다. 그리고 그 마음이 진심이라서 더욱 싫었다. 좋은 방향, 내신 관리, 인서울. 그게 다 무슨 소용일까.

나는 산당에서 살고 싶다. 산당에서 평생 지내는 건 나쁜 방향인 걸까. 조회수 몇십 회 나오는 브이로그 찍으면서, 산당에서 그냥저냥 너튜버로 자라면 나쁜 어른이 되는 걸까.

하지 못하는 말은 마음속에서만 맴돌았다.

첫사랑 특공대 결성!

수업이 다 끝난 후, 나는 다시 밴드부실로 내려갔다.

차연이 그곳에서 기다리고 있기 때문이었다. 하루 종일 뒤숭숭한 마음의 시작점, 옥탑방 소녀는 오늘 쭉 거기 있었던 걸까. 시간을 이동해 여기로 왔다면 아는 사람이 하나도 없겠지. 언제 도착한 걸까. 나랑 떨어져 있을 때 걔는 무엇을 할까.

그런데 걔도 참 이상하다. 내가 몇십 년 전의 과거로 간다면 엄마 인생을 바꾸고자 노력하진 않을 것 같은데.

"인생을 바꿀 거라면 부모님 연애사가 아니라 재물운을 바꿔야 하지 않나. 로또 번호나 알려줄 것이지."

중얼거리며 지하 복도를 걷는데, 누군가 내 어깨를 툭-하고 쳤다. 어둠을 가르고 다가온 손길에 나는 그만 주저앉고 말았다. 도대체 누구야. 여긴 아무도 안 오는데.

"악, 누구야!"

비명을 지르며 몸을 돌린 곳엔 의외의 얼굴이 서 있었다.

"야, 나, 나야! 성윤이! 그렇게까지 놀랄 건 또 뭐냐!?"

머쓱한 미소로 날 바라보는 건 강성윤이었다. 이 지하 복도에 얘가 웬일이지. 현장학습 간다고 아침에 사라지더니 도대체 언제 학교로 돌아온 거야. 의아한 나를 향해 성윤이 생각지 못한 말을 건넸다.

"내가 생각하기엔 부모님 재물운을 바꾸면 안 될 것 같아."

"응?"

"아니, 그렇잖아. 나비효과라고 안 들어봤어? 나비가 한국에서 날갯짓으로 일으킨 바람이 미국에선 토네이도가 된다는 이야기. 과거를 바꾸는 것도 마찬가지일 거야."

애가 지금 무슨 얘기를 하는 걸까. 내가 혼자 중얼거린 시간 여행 얘기를 강성윤은 어떻게 알아들었지. 게다가 이런 호기심 어린 눈은 처음 본다. 늘 밝게 빛나는 눈동자였지만, 지금은 무언가 광기가 어려 있었다.

"들어봐, 다현아. 이를테면, 네가 1980년대로 가서 너희 어머니한테 삼별 주식을 엄청나게 많이 사게 만든다고 쳐.

그러면 우리나라 전체에 영향이 가지 않겠어? 그런데 어차피 결혼할 두 사람의 고등학생 시절 에피소드를 조금 바꾸는 정도는 미래에 거의 영향이 없을 거야."

"그, 그래? 근데 갑자기 이게 다 무슨 소리야?"

아무것도 모르는 사람처럼 성윤에게 대답했다. 도대체 강성윤이 왜 이러는 걸까. 나와 차연이 나눈 이야기를 혹시 아침에 엿들은 걸까. 아닌데, 이 애는 조회 시간에 교실에 똑바로 있었는데.

"괜히 성윤 삼촌한테 둘러댈 필요 없어요. 어제 내가 다 말했으니까."

의아함에 빠진 나를 구출한 건 문차연이었다. 복도 끝에서 여유롭게 걸어온 그 애는 나와 성윤이 사이를 파고들었다. 똑단발의 여자애는 천진한 눈으로 우리를 바라보았다.

우리 세 사람은 함께 밴드부실로 들어갔다.

도대체 이게 어찌 된 영문인지 알 수가 없었다. 성윤은 급하다며 화장실로 향했고, 나는 그사이에 차연을 독촉했다.

"야, 강성윤이 왜 이 모든 상황을 알고 있는 거야? 아니, 그보다 쟤는 왜 저렇게 찰떡같이 믿고 있어?"

"엄마한테 보여준 다이어리를 성윤 삼촌한테도 보여줬거든요. 아, 그러니까 어제 일기가 갑자기 지워졌다고 했잖아요. 그걸 같이 본 게 성윤 삼촌이에요.”

“야, 내 일기를 왜 멋대로 보여줘!”

“그거 엄마 일기인 거 인정한 거네요?”

문차연이 능글맞게 말했다. 나는 나도 모르게 더욱 언성을 높이고 말았다.

“아니, 그러니까 왜 강성윤한테 이 모든 사실을 고백하냐고!”

문차연은 천천히 일어나 칠판 쪽으로 걸어갔다. 오랫동안 쓰지 않은 칠판에선 묵은 먼지 냄새가 났다. 그 애가 콜록거리며 분필을 집었다.

“자, 보세요. 첫째, 성윤 삼촌은 과학이나 이능력에 관심이 아주 많아요. 그래서 우리가 하는 시간 여행 이야기도 잘 믿어줄 것 같았어요.”

어느새 나와 차연은 ‘우리’가 되었나 보다. 차연은 칠판에 글씨를 적었다.

강성윤: 과학, 이능력 덕후

못마땅한 눈으로 차연의 필기를 노려보았다. 그래, 그래. 일단 사소한 건 차치해 두자. 나는 칠판을 두들겼다.

“성윤이가 시간 여행 이야기를 잘 믿는다고 쳐. 그렇다고 왜 하필 강성윤이 네 계획의 조력자가 되어야 하는데?"

"자, 그러면 자연스럽게 두 번째로 갑시다. 성윤 삼촌은 미래에 엄마 아빠랑 친하게 지내요. 그래서 제가 삼촌이라 부르는 거고요. 그러니까 엄마는 성윤 삼촌을 짝사랑하다가 그만 절친이 되고야 마는……."

나는 차연의 입을 막아버렸다. 이 고약한 꼬맹이 같으니라고. 남의 짝사랑을 왜 멋대로 발설하고 있어.

"야, 그 입 안 다물어!?"

차연은 또 한 번 능글맞은 웃음을 던졌다. 이제 저 가증스러운 미소가 짜증 날 지경이었다. 그 애는 칠판에 강성윤을 섭외한 또 다른 이유를 적어나갔다.

"이제 마지막 이유인데요. 엄마가 지금은 성윤 삼촌을 좋아하잖아요. 사랑이라고 하기엔 좀 애매한 단계 같지만요. 아무튼 엄마가 괜히 삼촌한테 헛발질하다가 모든 관계가 이상해질까 봐 걱정돼요. 이럴 바엔, 차라리 성윤 삼촌을 우리 계획의 동지로 만들어서 밀착 관리하는 게 나을 것 같아요."

"허 참, 그러면 너 내가 강성윤을 좋아하는 거 알고 일부러 섭외했다는 거야?"

문차연은 가볍게 고개를 끄덕였다.

"어차피 엄마는 나중에 아빠, 그러니까 문혜준 씨랑 결혼

해요. 성윤 삼촌이랑 괜히 어색해질 거 없잖아요.”

나는 말없이 문차연을 노려보았다. 그리고 하루 종일 고민해서 내린 나의 결론을 말했다.

“야, 문차연.”

“네?”

“너는 과거-현재-미래가 정해져 있다고 믿어? 네가 미래에서 왔다고 쳐. 아니, 왔다는 걸 인정할게. 그렇다고 해서 정말 내 미래가 그렇게 될 거라고 어떻게 확신해? 네 말이 맞다면 당장 네가 여기 온 것 자체가 원래 내 인생에선 없어야 하는 일인데?”

차연은 입을 다물었다. 드디어 조용해진 모습이 마음이 들었다. 나는 녀석을 향해 다시 한번 내 결론을 쐐기 꽂았다.

“문혜준과 결혼하는 그 미래는 내가 아니라 네가 도착한 미래야. 내가 아는 한 나의 미래 같은 건 아직 없어. 내 미래를 단정 짓지 마. 지금 내 마음, 여기 내 결정, 현재 내 기분이 제일 중요해.”

한바탕 쏟아낸 뒤에 문차연을 노려보았다. 그 애는 나를 물끄러미 쳐다보다가 가죽 소파로 되돌아갔다.

“어차피 미래는 안 변해요. ‘문혜준 씨와 결혼한다.’ 그게 엄마의 미래예요.”

“미래가 변하지 않는다면 그냥 놔둬. 어차피 네가 지금

이러는 것도 미래를 바꾸는 노력 아니야?"

그 애가 생각에 잠긴 것처럼 입을 다물었다. 잠시 고요에 머무르던 그 애가 나를 향해 의미심장한 질문을 던졌다.

"엄마는 미래가 확정되지 않았다고 생각해요? 바뀔 수 있다고요?"

"응, 적어도 오늘 하루 고민한 결과는 그래. 더 고민해도 마찬가지일 것 같아. 미래가 정해져 있다고 생각하면, 매일 노력하며 살 필요가 없잖아?"

"그렇다면 다행이네요."

소파에서 일어난 차연이 천천히 내 쪽을 향해 걸어왔다. 그 애의 그림자가 내 발치에 야트막한 그늘을 드리웠다.

"엄마는 그냥 평소처럼 살아요. 그렇더라도 엄마는 문혜준, 그러니까 제 아빠를 도와줘야 해요."

"내가 왜? 네 말에 따르면 혜준이랑 잘해보라는 거 아니야? 웩, 문혜준이랑은 뭘 해볼 생각만 해도 징그러워."

문차연은 진지한 눈으로 나를 쳐다보았다. 묵직한 음성이 내게 경고를 날렸다.

"문혜준 씨는 조만간 큰 사건에 휘말릴 거예요. 자기 인생 전체를 뒤흔들 정도의 큰 사건이요. 미래 남편이라는 게 싫고, 안 믿기면 말아요. 그렇더라도 지금 가장 소중한 친구가 문혜준인 건 맞잖아요. 그건 부정 안 하죠?"

그 애의 말에 나는 찬찬히 혜준을 떠올렸다. 머릿속으로 혜준의 모습이 자세히 그려졌다. 송충이처럼 짧고 굵은 눈썹, 공부에 빠져 사느라 굽은 등과 목. 산당 전체에 소문난 공붓벌레 문혜준.

"흥, 답장도 안 하는 그 자식이 소중하긴 무슨."

"소중하지 않으면 답장이 없다고 그렇게 집착하겠어요?"

문차연은 한마디도 지지 않았다. 이런 싸가지를 보면 문혜준과 나의 딸이 맞긴 한가 보다. 나와 혜준의 조합이라면 이런 초절정 싹퉁바가지의 탄생이 가능할지도 모른다.

"그리고 성윤 삼촌이랑 잘해보고 싶다면 이걸 기회로 삼아요. 어차피 엄마는 성윤 삼촌이랑 쭉 어색하게 지내다가, 졸업 무렵에나 번호를 교환해요. 심지어 엄마보단 아빠 쪽이 성윤 삼촌이랑 더 친하다고요. 엄마는 성윤 삼촌이 이능력 덕후라는 사실도 이번에 처음 알았잖아요."

차연의 말은 놀랍지 않았다. 그 말처럼 이대로 지낸다고 해서 성윤이와 무슨 접점이 생길 것 같지 않았다. 훗날 나보다 문혜준이 강성윤이랑 친해진다면 그게 오히려 납득이 갈 정도다. 성윤이의 친화력이라면 혜준이 정도는 능히 구워삶을 수 있을 거다. 앞에서 어버버하는 나와 달리 혜준과는 적어도 대화가 될 테니.

차연의 말이 끝나기 무섭게 밴드부실 문이 열렸다. 우리 두 사람의 신경전을 눈치채지 못한 성윤이 명랑하게 말했다.

"맞아, 맞아. 나도 다현이 네가 록밴드 덕후인 거 이번에 처음 알았어! 아니, 한 학기 넘게 같은 반이었는데 최근에 알게 된 것들이 많네! 아, 맞다. 우리 모임 이름은 이렇게 짓는 게 어때? 첫사랑 특공대 '타임슬립'! 이건 다현이 네 첫사랑을 돕는 시간 여행이니까! 하하하!"

강성윤이 공원에 풀어놓은 강아지처럼 계속 타임슬립을 외쳤다. 원래 밝은 애인 것은 알았지만 이렇게까지 시끄러웠나. 어쩐지 내가 알던 강성윤이랑 조금 달라서 웃음이 터지고 말았다.

"푸, 푸하하. 첫사랑 특공대가 대체 뭐야!"

"우다현, 네 첫사랑을 돕는 특공대인 거지! 그리고 시간 여행자가 한 명 껴있으니 '타임슬립'이란 별칭을 지은 거고! 푸하하!"

나는 어처구니가 없어서 성윤을 따라 그냥 웃고 말았다.

풉. 푸하하. 푸하하하하하.

나의 소중한 자라

세상에 이런 일이.

믿을 수가 없다. 이런 건 세상에 있어선 안 되는 일이다.

나는 오전 다섯 시의 짙푸른 하늘을 쳐다보았다. 아직 제대로 뜨지 못한 태양이 가물거렸다. 이렇게 일찍 등교하다니 이건 재앙이다.

"문차연, 이게 맞아?"

"문혜준 씨가 답장도 안 보낸다면서요? 그러면 방법은 이거밖에 없죠."

기가 찬다. 이런 걸 작전이라고 짜온 걸까. 문혜준의 새벽 등교를 따라다니라니. 기가 막히고 코가 막히고……. 아니

뭐야, 진짜 코 막혀. 추워서 콧물이 흐르잖아.

"야, 이건 스토킹이야!"

"아, 우리 엄마 왜 이렇게 말이 많지? 일기엔 이런 얘기 안 적혀 있었는데? 그리고 친구라면서요! 친구 등교 같이 따라가는 게 무슨 스토킹이에요!"

문차연이 갑자기 내 등을 떠밀었다. 나는 엉겁결에 골목 저편까지 걸어갔다. 내 맞은편엔 어리둥절한 표정의 송충이 눈썹이 서 있었다.

"우다현? 뭐야, 웬일이냐?"

"아, 아, 안녕이다. 문혜준."

나는 뚝딱거리며 혜준에게 인사했다. 혜준은 나를 향해 밝은 미소를 건넸다. 이 아침에 저런 웃음을 건넬 수 있다니. 역시 독종, 산당의 공붓벌레. 인정한다, 문혜준. 인정해.

"이야, 내가 꿈이라도 꾸나? 이 아침에 우다현을 다 만나고?"

"야, 나도 일찍 학교 다닌 적 있거든!? 너 중학생 때 맨날 나랑 등교했던 거 기억 안 나!?"

"하…… 기억이야 나지. 아침에 며칠 끌고 다니다가 너한테 쥐어 터질 뻔했잖아."

"흑역사 기억하지 마라."

나는 녀석을 보며 실소를 터뜨렸다. 문혜준과 만나면 늘

이랬다. 투닥거려도 같이 있으면 제일 마음이 편안한 녀석. 이게 바로 소꿉친구의 우정이랄까. 산당이 좁은 동네이긴 해도 이렇게 끈질기게 인연을 유지하는 게 쉬운 일은 아니다.

"근데 우다현, 진짜 웬일이야? 새벽 등교 다시 시작하게? 공부 다시 하려고?"

나는 잠시 망설였다. 그래. 아침에 같이 등교하기 위한 가장 좋은 핑계는 공부 아니겠는가. 그런데, 갑자기 부아가 치밀었다. 공부. 공부. 공부. 요즘 그 이야기가 왜 이렇게 듣기 싫은 건지.

"공부 아니야!"

"그러면 아침에 왜 이렇게 일찍 등교하는데? 엄마랑 싸웠냐? 너희 아빠는 아직 바다에 계실 텐데? 야, 고등학생이나 됐는데 부모님이랑 싸우는 거 그만할 때도 되지 않았냐!?"

"아, 그, 그런 것도 아니야!"

"그래? 그러면?"

문혜준의 장난스러운 얼굴이 나를 보고 있었다. 이 자식, 나를 놀리고 있었구나. 이대로 당할 순 없었다. 나는 녀석을 향해 핸드폰 카메라를 들이밀었다.

"오전 다섯 시부터 시작되는 천재 문혜준의 하루! 지인부터 팔아먹는 너튜브 콘텐츠의 시작!"

문혜준이 당황한 얼굴로 나를 쳐다보았다. 그 애의 멋쩍은 표정이 핸드폰 화면을 가득 채웠다.

"진심이냐?"

"뭐, 반은 장난이고, 반은 진심? 전공 수행평가 때문에 뭐라도 찍어야 하는 건 사실이야."

"그래서 꼭두새벽부터 나온 거야?"

나는 고개를 끄덕거렸다. 공부한다고 하는 게 훨씬 편한 핑계인데 괜히 내 무덤을 팠다는 생각이 들었다. 덕분에 핸드폰으로 못생긴 문혜준 얼굴을 계속 찍게 되었다.

"아무튼 문혜준, 무엇 때문에 이렇게 일찍 등교하십니까?"

"오늘은 좀 늦은 편인데? 원래는 오늘보다 삼십 분 정도 더 일찍 가."

"근데 왜 오늘은 늦게 가?"

문혜준이 콜록거리며 기침하는 시늉을 했다. 과한 액션 탓에 전혀 아파 보이지 않았다.

"콜록콜록. 아아, 너무 아프다."

"연기라도 좀 제대로 하지?"

나의 타박에 문혜준이 장난스러운 미소를 지었다. 그 녀석이 나를 물끄러미 쳐다보았다.

"아픈 건 사실이야. 감기 기운 좀 있어. 그래서 원래 네 시 반에 나오는 거 다섯 시에 나왔어."

"아니, 네 시 반에 학교 문이 열려 있어?"

"우리 학교 자사고잖아. 기숙사에 딸린 독서실이 네 시부터 열려 있어. 신청만 하면 기숙사생 아니어도 쓸 수 있고."

내 기준에선 도저히 이해할 수 없는 이야기였다. 아침 네 시에 독서실을 여는 학교도, 그 시간에 맞춰 등교하는 문혜준도 모두 경악스러웠다.

"참 독하다. 독해."

"그냥 기숙사 들어가서 살까도 싶은데? 학교 왔다 갔다 하는 시간이 아까워서."

"너네 집이랑 학교랑 걸어서 십오 분 거리잖아?"

"왕복으로는 삼십 분이잖아. 그 시간이면 단어를 몇 개나 외우는데."

나는 문혜준의 얼굴을 잠자코 바라보았다. 왕복 삼십 분 동안 단어 못 외우는 게 신경 쓰이는 애가 나랑 몇 분을 떠든 거야. 괜히 녀석에게 미안한 마음이 들었다.

"야, 문혜준. 내가 귀한 너의 시간을 뺏었다. 너 공부해야 하면 공부해. 이 누나가 옆에서 너 차에 안 치이도록 호위해 줄게."

"푸하하, 뭐래. 그래도 오랜만에 우다현 만나니까 좋네. 같은 학교 다닐 때가 재밌었는데."

같은 학교 다닐 때라고 해봤자 불과 1년 전 이야기다. 하지만 혜준의 눈은 마치 먼 과거를 회상하는 사람처럼 촉촉

해져 있었다. 아이고, 안 어울리게 왜 저럴까. 나는 녀석의 눈앞에 손을 휘저었다.

"훠이, 훠이, 괜한 궁상 금지!"

"역시 이런 희한하고 웃긴 짓도 우다현 네가 해야 제대로 야."

"웃기다니 무슨 소리를 하는 거야!"

나는 문혜준을 향해 언성을 높였다. 이렇게 투닥거리는 것도 오랜만이어서 그런지 기분이 나쁘진 않았다. 그러다 가 문득 차연의 말이 떠올랐다.

'엄마의 첫사랑은 문혜준이에요.
그 사람이 바로 제 아빠죠.'

그 말을 생각하자 갑자기 얼굴이 화끈 달아올랐다. 열기 가 온몸에 바로 느껴질 지경이었다. 문혜준이 나를 걱정 어 린 눈으로 쳐다보았다.

"뭐야, 왜 갑자기 얼굴이 붉어져? 너 감기야? 무리하지 말고 집에 가서 자."

녀석이 갑자기 내 이마에 손을 뻗었다. 나는 뒷걸음질 치 며 그 손길을 피했다.

"돼, 돼, 됐어! 내가 원래 열이 좀 많잖아!"

나는 문혜준을 바라보며 말을 돌렸다. 그래야 달아오른 얼굴이 조금 진정될 것 같았다.

"문혜준, 너 공부는 잘하고 있는 거야? 하긴 네가 자사고에서도 계속 전교 1등이라는 소문은 자자하더라."

"소문이 자자해? 하여간 좁아터진 동네 아니랄까 봐 별게 다 소문이 자자하네."

"야, 전교 1등이 별게 아니냐? 어이가 없네. 혁신 도시 애들도 다 있는 자사고에서 1등 하는 거면 대단한 거 아냐!?"

문혜준은 한숨을 푹 쉬면서 내 얼굴을 바라보았다. 어두운 안색이었다.

"이런 지방 촌구석 자사고에서 1등 못 하면 답도 없는 거지. 혁신 도시 애들이라고 해봤자 다 그 나물에 그 밥이야. 의대가 목표인데 여기서 1등 못 하면 안 돼."

이게 웬 재수 없는 소리람. 녀석의 얼굴을 어쩔 수 없이 쏘아보고 말았다. 그러고 싶지 않았는데, 내 입에선 이미 뾰족한 말이 튀어나온 상태였다.

"그 자사고 떨어진 게 나라는 건 알고 있지? 그 나물에 그 밥인 애들 사이에서 경쟁도 못 한 사람이 나라는 거, 너 다 까먹었지?"

그렇다. 문혜준이 다니는 자사고 입시에 나는 떨어졌었다.

중학교 3학년일 때, 문혜준의 소개로 간 자사고 전문 학원 '태극학원'에서 이런 말을 들었다.

'이 수준으로는 절대 자사고 입시 합격 못 해.
그리고 합격하더라도 그다음이 더 문제야.
자사고 애들 밑바닥 깔아줘서 어디다 쓰게?
산당에 있는 자사고 최하위면 인경기도 어려워.'

태극학원에서 상담받으며 내 옆에 앉아 있던 부모님 표정을 아직도 잊을 수가 없다. 긴 항해를 끝내고 돌아온 아빠는 해일보다 더 어려운 호적수를 만난 표정이었다. 엄마는 애써 웃고만 있었다. 그 웃음이 내 마음을 어지럽혔다. 부모님과 나로선 상상도 못 했던 현실이었다. 나도 중학교 때는 공부를 제법 하는 편이었다. 물론, 등수는 알 수 없으니까 정확한 위치는 몰랐지만 말이다. 그러나 학원에선 그 문제부터 지적했다.

'진작 학원을 오지.
요즘 중학교에서 등수 모른다는 얘기는 다 거짓말이야.
학원 다니는 애들은 서로 성적 비교해서
자기가 반에서 몇 등인지, 전교에서 몇 등인지
얼추 다 알아놓는다.'

원장님은 그저 사실을 말해준 거였겠지만 그 말은 나와 부모님께 더 큰 절망을 안겨주었다. 아니, 학교에서도 안 알려주는 등수를 왜 학원에서 멋대로 짐작한단 말인가. 문혜준이 전교 1등이란 소문에 도대체 어떻게 등수를 알았는지 궁금해했는데 그 비밀을 나는 중3이 되어서야 알게 되었다. 그리고 또 하나를 깨달았다. 지방에서 벼락치기로 간신히 성적 유지하는 올챙이, 전국, 아니 산당에서도 별 볼 일 없는 올챙이가 나라는 사실을 말이다.

엄마는 위로랍시고 내게 이런 말을 건넸다.

'그 학원 선생은 영 별로더라!

우리 딸 전교에서 내로라하는데 그것도 못 알아보고!

태극학원은 무슨 태극학원! 이름도 순 사이비 같네!'

엄마의 도움 되지 않는 위로에 나는 쓸쓸하게 진실을 밝혔다.

'그 선생님…… 사실 혜준이 아빠야.

그리고 태극학원의 태극은 혜준이 아빠 이름이야. 문태극.'

엄마는 조용히 입을 닫았고, 그날 저녁 아빠는 말없이 한

우를 샀다.

그리고 태극학원의 예언은 현실이 되었다. 나는 포기하지 않고 자사고 입시를 준비했으나, 거하게 떨어지고 말았다. 합격 소식을 전하는 문혜준의 목소리가 아직도 잊히지 않는다.

'나, 차석이래. 다현이 너는 어떻게 됐어?'

문혜준의 말은 기억나는데, 내가 무슨 대답을 했는지는 전혀 기억나지 않는다. 우물쭈물했을까, 호탕한 웃음을 지었을까. 그게 아니면 엉엉 울고 말았던가. 그건 이제 문혜준만 기억하는 비밀 한 조각이다.

시간이 지나 문혜준은 새벽 등교를 하는 자사고의 일인자가 되었고, 나는 특성화고의 뺀질이가 되었다. 그렇다. 그렇게 된 것이다.

생각에 잠긴 내 앞으로 문혜준의 어색한 표정이 보였다.

"미, 미안하다. 내가 너무 생각 없이 학교 얘기를 했네."

"아니야, 네가 미안할 건 없지. 덕분에 내가 공부엔 재능이 없단 걸 확실하게 알게 되었거든."

"고, 공부는 엉덩이 힘으로 하는 거야! 재능의 문제가 아니라!"

“응, 그러면 난 엉덩이 없는 사람이야.”

내 차가운 대답에 문혜준의 표정이 더욱 어색해졌다. 녀석이 말을 돌린답시고 아무 질문이나 마구 던졌다.

“그, 그런데 너도 학교 독서실로 가는 거야?”

멍청한 문혜준. 우리 학교 독서실이 새벽 다섯 시에 문을 열 것 같냐. 우리 애들은 오후 다섯 시에도 공부 같은 건 하지 않는다고.

그런데 내 입에선 어쩐지 거짓말이 튀어나오고 말았다.

“그, 그렇지. 우리 학교 독서실도 지금 열었을 거야. 나, 나도 독서실에 가야지. 가서 영상 편집이라도 해야겠다.”

나는 왜 거짓말을 했을까. 거짓말로 독서실에 가는 것과, 우리 학교는 이 시간에 독서실을 열지 않는단 진실을 밝히는 것. 둘 중 어느 게 더 기분을 잡치게 하는 걸까.

알 수 없었다. 그저 혜준을 골목 끝까지 바래다주었다. 내 기분을 망친 녀석의 목과 등은 더욱 굽어 있었다. 1년 사이 거북이가 자라로 진화한 것 같았다.

소원의 벚꽃

하루가 어떻게 지나갔는지 모르겠다.

학교에 가자마자 밴드부실에 콕 박혀 있었다. 잠시 눈을 붙이다가 반장의 다급한 전화에 교실로 뛰어갔다. 역시 위대한 배예리다. 그 애가 없었으면 이번 조회도 못 들어갈 뻔했다.

문차연은 아침 이후 어디 갔는지 보이지 않았다. 시간 여행자의 일상도 참 바쁘게 돌아가나 보다. 강성윤은 제 친한 친구들과 어울리다가 가끔씩 내게 눈짓을 보냈다.

덕분에 예리에게 '뭐야, 뭐야, 강성윤이 갑자기 왜 친한 척이야?'라는 질문을 몇 번 듣기도 했다. 그러나 어떻게 사실대로 말하겠는가. 미래에서 내 딸이 왔고, 남편은 재수탱이 문혜준이며, 성윤이는 그걸 믿다 못해 날 도와주고 있다는 이 사실을.

방과 후, 예리와 천변까지 같이 하교하는 중이었다. 예리는 혁신 도시 중심부에 살아서 버스를 타려면 하천까지 쭉 내려와야 했다.

"반장, 너는 시내 사는 애가 왜 여기까지 왔어? 이 학교에 뭐 볼 거 있다고."

"학교를 뭐 보려고 다녀?"

배예리가 햇살처럼 웃음을 터뜨렸다. 뭐가 웃긴 건지 알다가도 모르겠다. 깔깔대던 그 애가 갑자기 진지한 표정을 해 보였다.

"우리 부모님이 그러더라."

"응?"

"대학 같은 건 이제 아무 쓸모가 없대. 우리나라 인구가 계속 줄고 있어서 내 성적으로 갈 수 있는 대학은 조만간에 다 문 닫을 거래."

그 이야기를 내가 모르는 건 아니었다. 유명 토크쇼에 출연한 스타강사도 그런 얘기를 많이 했다.

이제 대학 같은 건 다 의미 없는 시대가 될 것이다. 대학은 벚꽃 지는 순서대로 폐교될 것이다.

하지만 그렇게 떠드는 사람의 학벌은 죄다 한국대, 신촌대, 안암대였다. 웃기다, 웃겨. 대학 망한다는 사람 중 별 볼 일 없는 대학 나온 사람을 본 적이 없다.

예리는 굳은 표정으로 말을 이었다. 항상 웃는 낯이던 예리가 진지한 표정을 지으니 조금 무섭게 느껴졌다.

"부모님이 그러더라. 인문계에서 어중간하게 공부해서 지방 국립대나 겨우 갈 거면 그냥 특성화고 가라고. 엄마 아빠는 문창과랑 철학과 나왔는데 지금 전부 없어졌대. 폐과니, 통폐합이니 속 시끄러웠다고. 게다가 두 분 다 공무원 시험 봐서 전공이랑 아무 상관 없는 일 하면서 산대. 나도 결국 그렇게 될 거, 굳이 인문계 가지 말라고 하시더라."

무거운 표정을 짓던 예리가 갑자기 다시 웃음을 터뜨렸다. 벚꽃 망울처럼 맑고 고운 웃음이었다.

"하하. 야, 뭐가 그렇게 진지해. 결국 나 공부 못한다는 얘기야. 다현이 너는 차석이잖아. 하지만 난 어중간해. 애매하게 중간."

"뭐가 어중간해. 너 반에서 2등이잖아!"

"넌 반에서 1등이잖아. 나랑 너랑 전교 성적 엄청 차이 나고. 야, 근데 우리 이 대화 진짜 재수 없는 거 알지?"

예리와 내가 서로를 향해 웃음을 터뜨렸다. 그 애가 자신만만하게 말을 이었다.

“뭐, 안 되면 캥거루족으로 살지! 엄마 아빠 연금 나올 텐데! 부모님이 하라는 대로 다 했으니 알아서 거두어 주지 않겠어!? 후후.”

예리가 밝은 미소가 어처구니없었다. 얼마 지나지 않아 시내로 가는 버스가 도착했다.

“나, 갈게!”

예리가 손을 흔들며 떠나갔다. 그 버스를 오래도록 지켜보았다. 세상에 어려움 없는 사람은 역시 없구나. 모두가 각자의 어려움을 갖고 있구나.

집으로 돌아오니 거실이 분주했다.

참견쟁이 엄마가 또 일을 벌인 것이다. 잔뜩 어지럽혀진 마루를 보며 나는 소리를 질렀다.

“엄마, 이게 다 뭐야!?”

“아, 그 옥탑방 애기랑 혜준이한테 반찬 좀 가져다줘! 통장님이 이것저것 농사지었다고 주셔서 잔뜩 만들었어!”

“근데 부엌에서 뭐 해? 설마 아직도 만들어?”

“아, 음식을 만들었으니까 설거지해야지! 우다현, 너 반찬 안 갖다줄 거야!? 그러면 네가 설거지해! 반찬은 엄마가 갖다줄 테니까!”

날벼락 같은 소리였다. 아니, 학교에서 돌아오자마자 집

안일을 하라니? 반찬 배달과 부엌일 중 하나를 고르자면 당연히 전자였다.

"문혜준 아직 학교에 있을 텐데?"

"아버지도 안 계셔? 혜준이 아버지 혼자 계실 거 아니야? 좀 갖다드려!"

"아, 혜준이 아빠는 학원에 계시겠지!"

"아이고, 그 집은 애나 어른이나 아주 공부에 푹 빠져서 헤어 나오지 못하는구먼. 그럼 옥탑방에라도 다녀와! 애기 들어온 것 같던데?"

머리를 들어 천장을 노려보았다. 문차연, 이 건방진 꼬맹이가 귀가했다 이 말이지. 나는 반찬을 들고 얼른 위로 향했다.

엄마의 말은 사실이었다. 옥상에선 샛노란 불빛이 흘러 나오고 있었다. 어디선가 대화 소리도 들렸다. 뭐지, 애는 시간 여행 한 지 얼마나 됐다고 벌써 친구를 만든 거야.

"문차연! 뭐 해? 나 들어가도 돼!?"

큰 목소리로 문차연을 호출하자 문이 벌컥 열렸다. 그리고 생각지도 못한 사람이 나를 반겼다.

"오! 우다현 왔구나! 야, 학교 끝난 지가 언젠데 이제 와!?"

"가, 강성윤?"

"그럼 내가 강성윤이지!"

성윤이 명랑한 목소리로 답했다.

"네가 여기는 웬일이야?"

"아, 차연이 혼자 심심하게 옥탑방에 있을까 봐 부리나케 달려왔지. 시간 여행자도 외로움은 탈 거 아니야. 그리고 입도 심심할 수 있으니까 간식도 챙겨 왔고."

성윤의 뒤로 어색하게 앉아 있는 문차연이 보였다. 도대체 누구 집인지 알 수가 없군. 그 애 곁엔 간식이 한 무더기 놓여 있었다. 성윤의 다정함에 새삼 마음이 뜨거워졌다.

내가 자리에 앉자 문차연은 차분한 표정으로 바나나우유를 마시기 시작했다. 일전에 성윤이가 내게 준 것과 같은 바나나우유였다.

"문차연, 무슨 바나나우유를 그렇게 맛있게 먹어?"

"미래엔 바나나가 없거든요. 그래서 바나나 향 우유만 먹었는데 역시 바나나 맛 우유가 진짜네요. 과거로 온 보람이 있어요."

"아, 아, 그래?"

문차연의 말을 들은 강성윤이 별안간 소리를 질렀다.

"으악, 바나나가 없는 세상이라니!"

나는 귀를 막았다. 성윤의 목소리가 너무 큰 탓에 머리가 울렸다. 멀리서 보는 성윤과 가까이서 보는 성윤은 큰 차이가 있었다. 멀리서 보는 산이 아름답다는 옛이야기가 떠오르기까지 할 정도였다.

"문차연, 받아. 우리 엄마가 반찬 먹으래."

"오, 역시 손녀 사랑은 할머니밖에 없네요."

문차연이 씩- 하고 웃음 지어 보였다. 그러네. 내가 차연이의 엄마라면 우리 엄마는 문차연의 할머니가 되겠네. 나는 잠시 그 애를 바라보다가 갑자기 떠오른 궁금증을 물었다.

"야, 문차연."

"네?"

"우리 엄마는 미래에 어때? 그때도 아빠랑 투닥거리면서 잘 살고 있어?"

"음, 그건 말이죠."

문차연이 턱에 손을 가져다 대고 고민하는 포즈를 취했다. 그러더니 갑자기 강성윤과 눈짓을 주고받았다.

뭐야, 얘네? 언제 이렇게 친해진 거야?

"엄마."

"응?"

"성윤 삼촌이랑 얘기해 봤는데, 불필요한 미래는 너무 많이 알려주지 않기로 했어요."

"아, 왜!? 혜준이랑 썸 타라고 새벽부터 깨우더니 왜 이런 건 안 알려줘?"

내 말에 대답한 것은 문차연이 아니라 강성윤이었다. 성윤은 무척 재미있다는 표정으로 내게 다시 한번 그 머시기 효과를 설명했다.

"나비효과. 미래를 알려줬다가 훗날 뭐가 어떻게 될지 모르잖아. 그러니 최소한의 정보만 알려주는 거지."

나는 강성윤과 문차연을 번갈아 노려보았다. 만난 지 얼마나 됐다고 이렇게 죽이 잘 맞는지 어처구니가 없었다. 내가 아니라 꼭 둘이 가족 같잖아.

나는 한숨을 내쉬며 차연에게 다시 물었다.

"그러면 나랑 상관없는, 그냥 쓸데없는 미래 질문은 해도 돼?"

"쓸데없는 미래 질문이요? 뭔데요?"

"미래에 대학은 정말 벚꽃 지는 순서대로 다 망해? 전부 다 망하고 한국대같이 엄청난 대학 몇 개만 살아남아?"

예리랑 나눈 대화가 왜 지금 떠올랐을까. 차연은 잠시 고민하는 표정을 짓더니 짓궂은 표정으로 이렇게 답했다.

"대학이 벚꽃 지는 순서대로 망하냐고요?"

"응. 그 정도는 말할 수 있잖아. 내가 대학 어디 붙냐는 질문도 아닌데."

"그건 그렇네요. 그런데 말이죠."

"그런데?"

"엄마, 미래에 벚꽃이 있는지부터 물어보는 게 맞는 순서 아니에요? 바나나도 없는 세상인데."

아무렇지 않은 듯한 그 애의 말에 간담이 서늘해졌다. 도 대체 애는 어떤 미래에서 여기로 건너온 거야. 나와 강성윤 이 동시에 침묵에 잠겼다. 우리를 쳐다보던 문차연이 별안 간 웃음을 터뜨렸다.

"농담이에요, 농담. 푸하하하. 나도 벚꽃 뭔지 알아요. 그 거잖아요. 그거. 초록색, 황갈색의 막 흩날리는 거."

"벚꽃이 초록색, 황갈색이라고!?"

문차연의 묘사를 듣자 등골에 땀이 흘렀다. 그 애가 다시 한번 짓궂은 표정으로 우리에게 미소 지었다.

"초록색, 황갈색도 농담입니다. 대학이 망할지 걱정하기 보단 대학에 붙을지부터 걱정하세요, 엄마."

"악! 엄마를 갖고 노냐!?"

문차연이 혀를 길쭉하게 내밀며 내게 장난을 쳤다.

"아, 나야말로 대학 갈 수 있을지나 모르겠다. 그리고 엄 마, '대학 망할지 걱정하기보단 대학 붙을지부터 걱정'하라 는 건 다름 아닌 엄마가 나한테 제일 많이 하는 소리예요."

"미래의 나한테 당했던 걸 지금 나한테 복수하는 거야!?"

"아, 재밌다. 역시 고등학생 때의 엄마는 재밌어요. 나 사 실 엄마한테 들은 고교 시절 이야기가 너무 재밌었어요. 꼭

한 번 고등학생인 엄마를 만나고 싶었다니까요.”

“뭐, 뭐가 재밌냐!”

잔뜩 놀림당한 기분에 나는 입을 삐죽 내밀었다. 잠시 침묵을 지키다가 문차연을 향해 또 다른 궁금증을 물었다.

“그런데 너는 어떻게 과거로 온 거야?”

“아, 그 정도는 얘기해 줄 수 있죠.”

잠시 뜸을 들이던 문차연이 옥탑방 창문을 바라보았다. 멀지 않은 곳으로 가로수가 줄지어 늘어서 있었다. 나무를 바라보는 그 애의 눈이 빛났다.

“소원의 벚꽃이란 게 있어요. 간절히 무언가를 열망하면 소원을 이루어 주는 벚꽃이죠. 거기에 대고 빌었어요. 과거로 가서 고등학생인 엄마 아빠를 만나게 해달라고요.”

“그래서 네가 빈 소원이 이거야? 고등학생 문혜준이랑 나랑 사이좋게 만드는 거?”

“맞아요. 대단하죠? 제가 얼마나 효녀인지 알겠죠?”

나는 황당함에 말없이 문차연을 바라만 보았다. 참 재도 대단하다. 그렇게 대단한 벚나무가 있다면 더 좋은 소원이나 빌지. 부모님끼리 사이 좋아지라는 소원이 ‘간절히 열망’할 정도로 대단한 일이란 말인가.

“대체 그런 벚나무는 어디 있는데?”

“간절히 소망하면 알 수 있어요. 찾는 게 아니에요, 그건 소원이 있는 사람 앞에 저절로 나타나거든요."

차연은 의중을 알 수 없는 얼굴로 웃고만 있었다. 우리 옆에서 얘기를 듣고만 있던 성윤이 장난스러운 한마디를 덧붙였다.

"그러면 난 오늘부터 밤마다 계속 기도해야겠다! 우리 모두가 행복해질 수 있게 해달라고! 흐하하하!"

저건 또 무슨 말일까. 강성윤이 이렇게 장난스러운 녀석인지는 요즘 들어 처음 알게 된 사실이다.

매일 행복을 비는 기도라니. 그런 기도만으로 소원의 꽃이 활짝 핀다니.

그게 진짜 이루어진다면 정말 좋겠다.

엄마의 행복

"혜준이 이제 집에 왔겠네. 혜준이는 안 왔어도 혜준이 아버님은 오셨겠다."

소파에 누워 있는데, 엄마가 나를 채근했다. 어떨 때 보면 내가 아니라 문혜준이 우리 엄마 자식 같다. 성윤과 차연 때문에 골이 울리는데 나보고 문혜준 집까지 심부름을 가라니.

"아, 엄마. 반찬 좀 안 먹는다고 안 죽어! 내일 갖다줄게!"

"어머, 어머, 얘 좀 봐! 이거 게장이라서 금방 먹어야 돼!"

나는 두 볼을 부풀리며 엄마를 노려보았다. 그리고 불만 가득한 얼굴로 소파에서 일어났다. 오래된 가죽 소파에서 바람 새는 소리가 났다.

"아, 진짜 귀찮아! 그리고 혜준이네 아빠가 혜준이보다 집에 더 늦게 와! 문혜준 이거 지금 집에 있는지도 모르는데!"

"집에 사람 없으면 문 따고 들어가서 넣어두면 되는 거지! 얘는 새삼스럽게 왜 이래?"

"허 참, 이보세요. 제가 무슨 도둑입니까? 사람도 없는 집에 문을 따고 들어가게?"

"그 집 비밀번호 다현이 네 생일이잖아?"

엄마가 능글맞은 표정으로 나를 쳐다보았다. 장난기 어린 표정이 마음을 긁었다. 나는 황당한 마음에 버럭 소리를 질렀다.

"으악! 그 집 비밀번호는 내가 아니라 문혜준 생일이지!"

"아, 그게 그거 아니야! 혜준이 생일이랑 네 생일이 같은 날인데!"

엄마는 한마디도 그냥 넘어가지 않았다. 이렇게 보니 문차연과 우리 엄마는 정말 같은 핏줄이 맞는 것 같다. 두 사람이 복사한 것처럼 닮았다. 단 한마디도 양보하지 않고 나를 괴롭히는 게 말이다. 손녀와 할머니가 이렇게까지 닮을 수가 있나.

말을 말자는 생각에 나는 결국 입을 다물었다. 그런 나를 보고 엄마가 어깨를 쿡쿡 찔렀다.

"근데 혜준이네 아버님이 혜준이보다 더 늦게 들어오셔?
아이고, 그 학원은 무슨 퇴근을 그렇게 늦게 시킨대?"

"그 학원 원장이 혜준이네 아빠인 거 까먹었어? 퇴근을
늦게 시키는 게 아니라 본인이 퇴근을 늦게 하는 거야."

"아, 맞다. 그렇네!"

"응. 문혜준도 개네 아빠도 정상은 아니야. 딱 목표가 있
으면 그거에 눈이 돌아간다니까. 게다가 두 사람 다 목표도
똑같잖아."

"그래? 혜준이 아버지랑 혜준이 목표가 뭔데?"

"아, 뭐긴 뭐야. 문혜준의 의대 합격이지!"

엄마가 나를 게슴츠레한 눈으로 쳐다보았다. 뭐야, 도대
체 왜 이런 눈빛을 나한테 쏘아 보내는 거야. 정체를 알 수
없는 눈빛에 나는 등골이 오싹해졌다.

"뭐, 뭐야. 왜 갑자기 그런 눈을 하는데?"

"가만 보면 입시 준비는 혜준이 혼자 다 한다? 너랑 혜준
이 동갑 아니었나?"

아…… 이래서 내가 엄마 앞에서 문혜준 얘기를 안 꺼내
는 건데. 딱히 할 말이 없어서 엄마의 시선을 피했다. 이럴
때는 어떤 대답을 하더라도 좋은 말을 듣기는 힘들다.

"어휴, 딸, 됐어. 엄마는 너 중3 때 생각하면 아직도 아찔
하다. 입시는 무슨 입시. 엄마는 너 대단한 거 시킬 생각 없

어. 그리고 인서울이니 뭐니 아득바득 조르고 싶지도 않아. 그냥 이대로 엄마 아빠랑 평생 산당에서 쭉 살아도 돼.”

엄마는 나를 보며 미소 지었다. 그래, 우리 부모님은 원래 이런 분들이다. 하지만 담임이 인서울을 강조할 때처럼 이런 얘기도 듣기 싫었다. 아무도 서울에서만 살아야 한다고 말하지 않는다. 그건 너무 당연한 이야기니까. 산당에서만 살아도 된다는 말을 굳이 꺼내는 건, 그 말이 사실이 아니기 때문이다. 하지만 이런 생각을 굳이 털어놓지는 않았다.

“내 중3 때가 어때서? 그리고 대학이랑 상관없이 난 산당 뜰 거야.”

“어머? 갑자기 산당을 왜 떠?”

“엄마 아빠 오붓하게 살아야지. 아빠가 평생 배 타고 돌아다니느라 둘이 오붓한 시간도 못 가졌잖아. 딸내미 장성해서 출가하면 두 분만의 시간 가지세요.”

엄마는 물끄러미 나를 쳐다보더니 갑자기 등을 두드렸다.

“그래, 딸내미 다 키우면 엄마 아빠도 세계여행이나 다니면서 놀아야겠다. 네 아빠가 평생 이렇게 엄마를 혼자 놔두는데 늙어서라도 같이 붙어 있어야지!”

이러나저러나 사이가 좋은 두 분이었다. 나는 엄마의 익살스러운 표정을 보다가 문득 떠오른 질문을 건넸다.

“만약 엄마에게 과거로 돌아갈 수 있게 하는 그런 도구가 있다면 어떻게 할 거야?”

“과거로 돌아간다고? 도라에몽 같은 거야?”

“엄마가 도라에몽을 알아?”

“웃겨. 도라에몽은 너희 할머니 때 출간된 만화야! 엄마를 무슨 조선시대 사람으로 알아!?”

엄마가 나를 향해 목청을 높였다. 도라에몽을 안다니 설명은 편하겠네.

“어…… 아무튼! 그런 게 있다고 치면 엄마는 과거로 가서 어떻게 할 거야? 그 만화처럼 조상의 과거를 바꿀 거야?”

잠시 고민하던 엄마가 진지한 대답을 내놓았다.

“음…… 나는 너희 외할머니 찾아가서 외할아버지 만나지 말라고 할 것 같아.”

“그래?”

“응.”

생각지도 못했던 답변에 나는 두 눈만 말똥말똥 뜨고 있었다. 외할머니와 외할아버지 이야기는 거의 들은 적이 없다. 외할아버지는 내가 태어나기도 전에 돌아가셨고, 외할머니는 서울 큰외삼촌 집 근처에 살고 계시기 때문이다.

“너희 할아버지가 할머니 속을 너무 많이 상하게 했어. 베트남 가서는 몇 해나 실종 상태였잖니. 게다가 돌아와선 별다른 일도 안 하셨고 말이야.”

나는 엄마를 조용히 바라보았다. 엄마의 진심이 이럴 거라곤 생각하지 못했다. 문차연을 만난 뒤부터 나도 몰랐던 것들을 많이 알게 되는 것 같다.

"엄마가 할아버지 얘기를 갑자기 해서 놀랐어?"

"뭐, 조금?"

"딱히 생각하고 싶지도 않아서 그동안에는 얘기 안 꺼냈지. 아무튼 엄마는 그런 도구 있으면 과거로 가서 그렇게 할 것 같아. 딸 마음은 다 그래. 내 엄마가 행복하게 살기를 바라지. 근데 그게 마음대로 안 되잖니. 다 옛날에 벌어진 일이니까."

엄마는 회상에 잠긴 표정이었다. 분위기도 풀 겸 나는 농담을 건넸다.

"나도 그런 도구 있으면 과거로 가서 엄마 아빠 연애 못하게 할까? 그러면 엄마 행복해져?"

"푸하하. 에이, 그건 다른 얘기지."

"왜? 엄마 독수공방 시킨다고 맨날 아빠한테 뭐라고 하잖아?"

엄마는 표정을 풀며 다시 미소를 지어 보였다. 그러더니 나를 꼭 끌어안으며 말했다. 엄마의 온기와 심장 소리에서 진심이 흘러들었다.

"엄마는 다시 돌아가도 네 아빠랑 연애할 거야. 그 시절

이 무척 행복했거든. 그렇게 아무것도 바꾸지 않고 똑같이 연애하다가 너를 낳을 거야. 엄마는 아빠랑 다현이랑 사는 지금이 인생에서 제일 좋으니까."

엄마가 그윽한 눈빛으로 날 골똘히 들여다보고 있었다.

사랑은 아니야

멍하니 하늘을 노려보았다.

쳐다본다고 해서 달라지는 건 아무것도 없었다. 억수같이 쏟아지는 비가 새벽하늘을 가득 메우고 있을 뿐. 갑자기 내리는 소나기였다. 이런 날씨에도 나와 문차연은 새벽부터 길을 나섰다.

"야, 문차연. 도대체 문혜준 갓생 살기에 언제까지 함께 해야 해?"

"엄마, 새벽마다 같은 소리 하는 거 알죠?"

"알지. 근데 이건 진짜 아니잖아."

나는 문차연의 젖은 어깨를 잡아끌며 계속 투정 부렸다.

우리는 작아빠진 접이식 우산 하나를 함께 나누어 쓰고 있었다.

"미래에는 비를 튕겨내는 기술, 뭐 그런 거 없어?"

"미래에도 우산 쓰고 다녀요. 미래라고 지금보다 뭐가 획기적으로 나아질 것 같아요?"

"아씨, 그러면 너는 우산 없어? 왜 갑자기 소나기가 오냐고. 우산이라고 해봤자 맨날 가방에 들고 다니는 이 작은 게 전부인데."

비가 점점 굵어졌다. 문제는 그것뿐이 아니었다. 칠흑 같은 어둠 탓에 앞이 제대로 보이지 않았다. 암흑이라고 말할 수밖에 없는 짙은 어둠이 골목을 가득 채우고 있었다. 차연이 불현듯 어둠 한가운데를 향해 턱짓했다.

"어, 저기 와요."

"응? 뭐가 와? 뭐가 보이는데?"

나는 그 애가 가리킨 곳을 쳐다보았다. 골목 끝에서 누군가 어둠을 뚫고 걸어오고 있었다. 큰 덩치에 어울리는 큰 우산이 인상적인 모습이었다.

"가, 강성윤!?"

나도 모르게 큰 소리로 그 애의 이름을 불렀다. 성윤이가 환한 미소와 함께 우리 쪽으로 다가왔다.

"네가 웬일이야? 아니, 근데 너 뭘 들고 다니는 거야?"

"뭘 들고 다니냐고? 비가 오니까 우산 들고 다니지."

강성윤이 우산이라고 말한 건 어떻게 보아도 거대한 파라솔이었다. 이런 물건을 한 손으로 들고 다니는 모습이 신기했다.

"이거 파라솔 아니야?"

"아닌데? 이거 우리 가족 전용 초대형 우산이야. 우리 집이 가족이 좀 많아서."

"아니, 가족이 대체 몇 명인데? 다섯 명은 동시에 써도 남겠는데?"

강성윤이 나를 장난기 어린 표정으로 쳐다보았다. 그 애가 나를 향해 믿기지 않는 숫자를 불렀다.

"우리 가족 다 합쳐서 아홉 명이야. 나는 여섯 명 중 넷째지. 엄마, 아빠, 할머니 포함하면 총 아홉이고."

"와, 진짜 많긴 하네. 근데 여긴 어떻게 온 거야?"

내 질문에 대답한 건 강성윤이 아니라 문차연이었다. 그 애가 큼큼 목을 가다듬더니 웃기지도 않은 농담을 했다.

"우리는 다 같은 첫사랑 특공대잖아요. 셋이 같이 다녀야죠. 제가 디엠 보냈어요."

"뭐라고? 디엠? 아니, 너희 맞팔이야?"

내 질문에 대꾸한 건 차연이 아니라 성윤이었다. 선명한 핸드폰 화면이 내 앞에 띄워졌다.

"미래인도 인별 계정 하나 만들어 두면 좋잖아. 내가 만들어 줬어."

차연이 성윤 옆에서 헤죽거렸다. 얼씨구, 둘이 같이 찍은 사진도 문차연 인별에 올라가 있었다.

"맞아요. 인별 재밌던데요?"

"어이구, 미래에는 인별 없어? 근데 너희 둘이 죽이 잘 맞는다?"

내 입에서 우리 엄마 같은 추임새가 튀어나왔다. 아아, 이게 바로 딸 가진 엄마의 마음인가. 우산 바깥으로 자꾸 어깨를 내미는 차연에게 손을 뻗었다.

"우산 안으로 들어와. 성윤이가 무슨 해수욕장 파라솔 같은 걸 들고 왔는데, 왜 자꾸 비를 맞고 있어!"

문차연이 내 손에 이끌려 우산 안으로 쏙 들어왔다. 이렇게 가까이서 얼굴을 본 적이 있었나. 녀석의 얼굴은 생각보다 더 어렸다. 미래에서 왔다는 생각에 제대로 보지 못했는데 차연이는 정말 어리구나. 열네 살이라고 했는데, 얼핏 보면 초등학생이라고 해도 믿을 것 같았다.

"어, 엄마. 저기요. 저기 와요."

문차연이 나에게 접이식 우산을 건넸다. 그러더니 골목 저편으로 또 한 번 등을 떠밀었다. 으악, 이 녀석. 도대체 미래의 나한테 가정 교육을 어떻게 배워먹은 거야. 왜 자꾸 사람을 밀어.

주춤주춤 골목으로 나오자 문혜준이 얼떨떨한 얼굴로 날 쳐다봤다.

"어, 우다현……? 작심삼일 아니었네?"

녀석의 건방진 발언은 내 마음에 파문이 일게 만들었다. 나는 혜준을 향해 버럭 소리 질렀다. 거센 빗줄기를 관통하는 외침이었다.

"작심삼일은 무슨!"

"왜, 너 중학교 때 공부한다고 아침 일찍 나와서 맹모닝만 먹은 거 기억 안 나?"

"입 다물어. 네가 중학교 때 그 말 하다가 나한테 맞은 건 잊었어?"

나는 그 녀석을 향해 주먹 쥐는 시늉을 했다. 문혜준이 웃음을 터뜨리며 뒤로 물러섰다.

"올, 우다현 성격 안 죽었는데."

"알면 잘해라. 난 지금도 매일 아침 배고프니까."

"이야, 우다현 넌 아직도 그렇게 식욕이 왕성하냐? 난 아침엔 아무것도 안 들어가는데."

문혜준이 나를 놀리며 코를 훌쩍거렸다. 그제야 그 애의 붉게 달아오른 두 볼이 보였다. 찬비를 맞는 녀석의 건강이 걱정되기 시작했다.

"아직도 감기야?"

"그때는 기침, 지금은 콧물."

"어휴, 불쌍한 놈."

내가 문혜준을 짠하게 쳐다보던 그때, 생각지 못한 사람이 우리 둘 사이로 나타났다. 진중하지만 다정한 목소리가 내 쪽을 향했다.

"이게 웬일이야. 다현이 아니냐?"

웬일이냐는 질문은 오히려 내가 하고 싶었다. 나를 향해 밝은 목소리로 인사를 건넨 사람은 다름 아닌 혜준의 아빠였기 때문이다.

"어, 아저씨! 안녕하세요!"

"그래, 오랜만이구나. 이거 참, 작년에 입시 상담할 때 학원에서 잠깐 보고 제대로 연락도 못 했구나."

"에이, 뭐, 문혜준이 더 연락 안 해요. 그런데 벌써 학원 가시는 거예요?"

"응. 수능이 얼마 안 남았잖니."

나는 머리를 긁적거렸다. 지금은 구월인데 혹시 나만 모르는 수능이 세상 어딘가에 존재하고 있나. 나와 아저씨의 '얼마'는 그 기준이 많이 다른 것 같다.

하지만 고등학생으로서 아저씨의 얼마에 동의하지 않으면 안 될 것 같은 그런 압박감이 들었다.

"아, 아하하하. 아하하. 그렇죠. 십일월이 금방 오죠."

옆에 있는 문혜준도 수능이 얼마 남지 않았단 그 얘기에 별 대꾸 없이 고개만 끄덕였다. 그리고 혜준의 아빠는 부탁하지도 않은 조언을 마구 쏘아대기 시작했다.

"아이고, 우리 다현이도 참 열심히 사는구나. 사실 이 아저씨가 걱정했어. 산당통신고를 갔다고 해서 말이야. 자사고는 못 가더라도 실업계에 갈 성적은 아닌데, 괜히 아저씨가 너무 면박을 줬나 싶었다."

나는 아저씨를 게슴츠레 쳐다보았다. 실업계 갈 성적은 다 무엇이고, 산당통신고는 다 무엇이란 말이야. 우리 학교는 산당통신고에서 산당영상미디어고로 탈바꿈한 지 벌써 몇 년이었고, 더 이상 실업계가 아니라 특성화다.

하지만 이런 말을 뱉지는 못하고, 그냥 고개만 수그렸다. 눈치 없는 아저씨는 조언 폭격을 멈추지 않았다.

"그런데 애매한 성적으로 인문계 가는 것보다 그렇게 실업계로 가는 게 나을 수도 있어. 내신을 잘 잡아서 수시로 전략 잘 짜면 돼. 대입 전형도 많고."

아저씨를 말린 건 내가 아니라 혜준이었다. 그 애가 제 아빠의 옷소매를 붙들고 상황을 정리했다.

"아빠, 원치 않는 조언은 충고가 아니라 잔소리야. 그만 가봐요. 학원 문 열 시간 얼마 안 남았어요."

문혜준의 지적에 아저씨가 손목시계를 쳐다보았다. 잠시 놀란 표정을 짓다가 부리나케 걸음을 재촉했다.

"아이고, 그래. 내 정신 좀 봐. 이 아저씨가 괜히 또 참견했구나. 미안하다."

아저씨는 소나기 저편의 어둠 속으로 먹먹하게 사라져 버렸다. 문혜준과 나는 어색해진 분위기 속에서 서로를 바라보았다.

"큼, 크흠……. 미안하다, 우다현."

또렷한 두 눈이 나를 바라보고 있었다. 미안함과 속상함, 어색함과 진심이 동시에 섞여 있는 눈빛이었다.

1년 전에도 저 눈빛을 본 것 같다. 돌이켜 보면 문혜준은 자주 그런 눈빛을 지어 보였다. 태극학원에서 실망스러운 입시 상담을 받고 왔을 때, 그때도 이 애는 지금처럼 복잡한 눈빛을 보였다. 내가 자사고에 떨어졌단 소식을 들었을 때도 아마 이런 눈빛이었겠지.

그리고 나는 혜준의 그런 눈빛을 좋아하기도 한다. 쉽게 위로조차 건네지 않은 녀석의 서투른 진심이 좋다. 하지만 안다. 그건 사랑이 아니라는 것을. 내 마음은 호감일지언정 애정은 아니다.

나는 문혜준을 정말로 '좋아하기' 때문이다. 그 애의 성실함과 정직함을, 내가 따라갈 수 없을 만큼 열심히 사는 그 모습을, 묵묵한 뚝심과 따뜻한 배려심을, 무엇보다 나를 위하는 진심까지. 그 모든 것을 좋아한다. 그래서 안다. 이 마음이 사랑은 아니라는 것을.

왜냐면 문혜준이 나를 사랑한다고 생각하면 그 생각만으로도 불안해지니까. 차연이 내게 혜준의 마음을 알려주었을 때, 그때 느낀 감정은 설렘이 아니라 두려움이었다. 나와 혜준의 오래된 우정에 금이 갈 수 있다는 불안감.

그런데 언젠가 이 애정이 사랑으로 변할까? 정말로? 문차연의 예언처럼? 그건 말도 안 되게 느껴졌다.

몰아치는 가을비 속에서 나는 그런 생각만 들었다. 그래서 혜준을 향해 쓸쓸히 대꾸했다.

"네가 미안할 게 뭐가 있어. 학교나 가자. 우리 엄마 반찬은 잘 먹었어?"

"늘 잘 먹고 있지. 감사하다고 전해드려. 아니다, 내가 오랜만에 전화드려야겠다."

"그래, 가자."

우리 둘은 평소처럼 대화하며 학교에 갔다. 늘, 그리고 일평생 그랬던 것처럼 투닥거리면서. 같은 학교가 아니라는 것만 빼면 모든 게 중학생 때와 똑같은 하루였다.

이렇게 점점 삶이 달라지는 게 자연스럽지 않나. 자사고와 특성화고로, 의대와 지방대로, 대학병원 의사와 그저 그런 너튜버로. 그렇게 우리가 멀어지는 게 사실 더 자연스럽지 않나. 결혼보단 그게 당연한 것 같은데.

비가 내렸다. 계속해서 비가 내렸다. 이 소나기 속에서 나와 혜준은 함께 걸었다. 차연과 성윤은 어디에 있는지 보이지 않았다.

지하 복도에서의 만남

혜준을 바래다주고 밴드부실로 향했다. 차연에게 디엠이
와 있었기 때문이다.

[밴드부실에 있을게요^^]

디엠으로 보내는 그 애의 눈웃음이 어색했다. 태어나 처
음 누군가에게 메시지를 보내는 것 같았다. 하긴, 인별은
처음이라니까 이게 당연한 건가.
그나저나 아직 초가을인데 날씨는 왜 이렇게 추울까.
조금씩 밝아오는 햇살이 개천을 밝히고 있었다. 나는 정

문을 피해 후문 쪽으로 걸음을 옮겼다. 정문은 아직 열리지 않은 상태였다. 하지만 후문은 급식 트럭이 새벽에 드나드는 까닭에 항상 열려 있다. 덕분에 나도 밴드부실을 자유롭게 드나들 수 있고 말이다.

지하 복도를 걸어가는데 수상한 인기척이 들렸다.

"누, 누구야!"

고함을 내지른 곳엔 생각지도 못한 얼굴이 서 있었다. 도대체 얘가 이 시간에 이곳은 무슨 일로 온 거야.

"하, 하하. 나지롱."

이상한 말투로 말을 건넨 건 다름 아닌 반장 예리였다. 그 애가 씩 웃어 보이며 나를 향해 팔짱을 꼈다.

"나야말로 놀랐다! 너는 새벽부터 여기엔 왜 왔어!?"

"그, 그거야……."

나는 잠시 침을 꿀꺽 삼키며 망설였다. 밴드부실의 존재를 예리에게 가르쳐 줘도 되는 걸까. 아빠는 항상 내게 말했다.

'세상에 비밀은 없는 거야.
한 명이라도 아는 순간 모두가 아는 거나 다름없다.
그러니 항상 진실해야 해.'

말수 적은 아빠가 늘 내게 강조하는 이야기였다. 거짓을 말하지 말고, 숨기지 말고, 진실되게 살라는 그 지겨운 레퍼토리. 물론, 내가 그 말에서 얻은 교훈은 좀 다르지만 말이다.

그 얘기를 아빠에게 꺼냈다가 무시무시한 잔소리를 들었었지. 그리고 잔소리 속에서 여실히 그 진리를 깨달았다. 굳이 속마음을 다 보여줄 필요가 없다는 사실을.

생각에 잠긴 나를 예리가 채근했다.

"뭐, 나 몰래 숨겨놓은 간식이라도 있나 봐?"

"간식은 무슨……"

밴드부실이 대단한 비밀도 아니고 예리한테 그냥 말할까. 어차피 이제 나, 강성윤, 문차연 이렇게 세 명이나 그 장소를 알고 있지 않은가. 이쯤 되면 비밀 아지트라고 말하기도 민망할 지경이다. 잠시 망설이고 있는데 복도 끝에서 한 남자애의 목소리가 들렸다.

"야, 우다현! 추운데 안 들어오고 뭐 해! 난로 켜놨어!"

강성윤은 목청도 좋았다. 지하를 넘어 학교 전체에 울려 퍼질 정도의 큰 목청이었다. 이곳이 아지트라고 신신당부

했는데 조심성이라곤 전혀 없구나. 그런데, 그 목소리에 예리가 놀란 표정을 지었다.

"헐, 다현이 너 강성윤이랑 이렇게 친했어?"

나는 황당한 얼굴로 예리를 쳐다봤다. 반장의 오해가 어느 정도 이해되기는 했다. 아무도 등교하지 않은 이른 아침 시간, 아무도 없는 지하 복도, 아무도 모르는 비밀 아지트, 보일러를 켜놓고 기다리는 강성윤, 둘만의 밀회(셋이긴 하지만 예리는 차연의 존재를 모르니 말이다).

이 모든 게 나와 성윤의 사이를 오해하기 딱 좋게 만들었다.

"아, 아니야! 그런 거!"

"알았습니다. 방해꾼은 빠져주겠습니다."

"아니라니까! 아니라고!"

나의 강한 부정에도 예리는 그저 묘한 눈빛을 보일 뿐이었다. 그 애가 잠시 나를 바라보더니 어깨를 움켜쥐었다. 반장의 손에서 부드럽고 따뜻한 기운이 흘러들었다.

"다현아."

"아, 아니래도!"

"잘 지내."

"아니라니까!"

"아니야. 나야말로 아니야. 네가 계속 잘 지내면 좋겠어. 다현이, 너 보면 참 좋아. 너는 아무 생각 없이 나를 대하잖아."

“응? 뭐라고?”

예리는 뜻 모를 말만 중얼거리고 사라져 버렸다. ‘잘 지내면 좋겠어.’라는 말, 그리고 의미심장한 눈빛과 말투. 이제 보니 반장은 옆구리에 커다란 짐가방도 달고 있었다.

도대체 저 안에 뭐가 들어 있는 걸까. 왜 이제야 저 가방이 보였을까. 설마 내가 못 보게 하려고 일부러 감춰두었나. 생각에 생각이 이어지는데, 내 고민을 뚫고 성윤이 달려왔다. 하는 짓이 영락없이 덩치 큰 강아지였다. 성윤은 두리번거리며 연신 질문을 건넸다.

“뭐야, 예리는 어디 가는 거야? 교실 문 열렸어?”

“너는 참……. 무슨 댕댕이야? 목청은 또 왜 이렇게 커.”

“그거 칭찬이야?”

“칭찬이겠냐, 강성윤!”

나도 모르게 언성을 높이고 말았다. 그러고 보니 언제부터 강성윤이 이렇게 편해진 거지. 목소리를 높여도, 근처에 있어도 전혀 아무런 긴장감이 들지 않았다. 같은 비밀을 공유한 사이기 때문에 가능한 걸까.

성윤이 나를 향해 쾌활한 미소를 보였다.

“들어와. 예리도 예리만의 시간이 필요하겠지. 굳이 물어볼 필요 없잖아.”

그 애답지 않게 진지한 표정이었다. 성윤의 눈은 예리가 걸어간 복도의 저 먼 끝을 향해 있었다. 뭐야, 강성윤. 나와 예리 사이에서 무언가 눈치를 살피고 있었나.

어느새 성윤은 평소와 같은 명랑한 모습으로 돌아와 있었다.

"밴드부실로 들어오라니까! 차연이도 기다려! 흐히히!"

어휴, 나는 못 이기는 척 밴드부실로 발걸음을 옮겼다. 두 사람이 온기로 데워놓은 밴드부실은 정말로 따스했다. 나 혼자 쓸 때는 단 한 번도 경험한 적 없는 일이었다.

가죽 소파에 앉은 문차연은 무언가 생각에 빠진 눈빛이었다.

"미래가 좀 바뀐 것 같아요. 최대한 안 바뀌게 하려고 했는데."

그 애의 손엔 나의 미래 다이어리가 들려 있었다. 차연은 진중한 눈빛으로 노트를 뚫어져라 쳐다보았다.

"뭔데, 문차연? 무슨 미래가 바뀌었는데?"

"고작 밴드부실 몇 번 들락날락한 것으로도 미래가 바뀌네요."

문차연은 거기까지만 답하고 말을 줄였다. 그래, 어차피 미래가 바뀐 거라면 곧 알게 되겠지. 나는 크게 따져 묻지 않았다. 아침부터 너무 많은 사람을 만나서 피곤했다.

나와 차연, 그리고 성윤은 밴드부실에서 아침을 보냈다.

성윤이도 참 희한한 녀석이다. 삼촌 리사이클 센터에서 쓸 만한 물건이라며 이것저것을 잔뜩 가져왔는데 꽤 쏠쏠한 것들이었다. 한 학기 내내 내가 가져온 거라곤 선풍기 한 대가 전부였지만 그 애는 토스트기, 에어 프라이어, 전기매트, 알파카가 그려진 담요, 커피머신까지 가져왔다.

그 덕에 우리는 토스트와 아메리카노가 어우러진 아침을 먹을 수 있었다. 첫사랑 특공대고 나발이고 진작에 강성윤을 밴드부실로 데려왔어야 했다.

"문차연, 우다현 감튀 고?"

"감자튀김?"

뜻밖의 제안에 나는 눈을 부릅떴다. 그 애는 장난기 어린 얼굴로 냉동식품을 흔들어 보였다. 이런 먹잘알 녀석. 정말 끝내주잖아. 강성윤은 감자튀김에 너깃, 그리고 군만두까지 꺼냈다. 우리 셋이 충분히 먹고도 남을 양이었다.

"강성윤, 이것도 리사이클 센터에 팔아?"

"그럴 리가. 하지만 센터 냉장고엔 잔뜩 쌓여 있지. 삼촌의 비상식량이랄까."

"헉, 그걸 가져와도 돼?"

"우다현, 너만 조용히 있으면 돼."

튀김이 익는 고소한 냄새가 밴드부실을 가득 채웠다. 에어 프라이어의 주황빛에 우리의 얼굴도 함께 노랗게 익었다.

누구한테 갈래?

조회 시간에 폭탄이 떨어졌다.

담임이 뜻밖의 소식을 전하자 반 전체가 술렁거렸다.

"예리가 전학을 가게 됐다. 급하게 진행된 일이라 너희에게 인사도 못 하고 떠나게 됐네."

예리가 전학을 간다니 그게 다 무슨 얘기일까. 며칠 전, 버스 정류장에서만 해도 그런 얘기는 전혀 하지 않았다. 아니, 며칠 전까지 거슬러 갈 필요도 없었다. 오늘 아침 지하 복도에서 예리를 만나지 않았는가. 나는 황당한 마음에 손을 번쩍 들고 말았다.

"예, 예리가 갑자기 전학을 왜 가는데요?"

"뭐, 그거야 예리의 사정이지. 서울에 있는 인문계 고등학교로 전학 가게 됐다고 한다. 미리 짐을 다 챙겨서 학교에 다시 올 일은 없을 거야. 곧 서울 올라간다고 하니 아쉬우면 연락이라도 해보고. 일단 임시 반장은 부반장이 맡도록 하자."

담임의 말에 의아함이 더욱 가시지 않았다. 미리 짐을 다 챙겨갔다는 애가 왜 아침 일찍부터 지하에 나타났던 걸까. 그것도 서울로 전학 가야 하는 애가 말이다. 이 시기에 전학생이 있는 것이 특이한 일은 아니다. 하지만 지하에서 만났다는 사실, 인사도 하지 않고 떠났다는 사실이 모두 마음에 걸렸다. 게다가 부모님이 반대하셨던 인문계 고등학교라니?

얼른 핸드폰을 꺼내 예리의 SNS를 확인했다. 모든 게시물이 삭제된 상태였다. 수상함이 더욱더 증폭되었다. 인별을 마구 뒤지던 그때, 머릿속을 퍼뜩 관통한 한마디가 있었다.

'미래가 좀 바뀐 것 같아요…….
고작 밴드부실을 몇 번 들락날락한 것으로도 미래가 바뀌네요.'

아침에 차연이 내게 건넨 말이었다. 그 애는 지금 어디 있을까. 대체 문차연이 본 바뀐 미래란 건 어떤 모습일까.

그리고 미래는 왜 바뀐 것일까.

조회가 끝나자마자 나는 자리에서 일어났다. 본능적으로 지하를 향해 발걸음을 옮겼다. 나의 등 뒤로 강성윤의 목소리가 들렸다.

"야, 우다현 어디 가!? 차연이 찾아?"

나는 그 애를 향해 고개를 끄덕였다. 강성윤이 내 쪽으로 바짝 붙어 섰다. 주위에서 우리 두 사람을 지켜보는 게 느껴졌다. 그 시선이 부담스러웠다.

"걔 지금 지하에 없어."

"그걸 성윤이 네가 어떻게 알아?"

"걔라고 지하에 계속 있겠냐. 차연이 찾으려면 학교 밖으로 가야 하는데 괜찮겠어?"

잠시 망설이다가 고개를 끄덕였다. 뭐, 땡땡이 한 번 친다고 죽겠어?

그런데 강성윤이 나를 데리고 간 곳은 학교 정문이 아니라 다른 곳이었다.

"여길 왜 온 거야?"

"학교 밖에 나가려면 허락을 맡아야지."

성윤과 내가 도착한 곳은 교무실이었다. 그 애는 태평한 표정을 지으며 여유롭게 담임을 향해 저벅저벅 걸어갔다.

“쌤! 저 오늘 현장학습 다녀오려고요!”

“어쭈, 강성윤. 너는 무슨 현장학습을 그렇게 맨날 가? 진짜 허락받은 거 맞아?”

“에이, 당연하죠. 제가 서류 제대로 제출 안 한 적 있습니까!?”

담임은 성윤을 위아래로 쓱쓱 훑어보더니 종이를 한 장 내밀었다. 현장학습 신청서였다. 아니, 저걸 저렇게 쉽게 내어준다고? 나는 조회만 빠져도 죽일 것처럼 난리를 치더니.

“부모님 도장 찍고, 사진도 찍고…… 어떻게 하는지는 다 알지?”

“아, 물론이죠. 근데 쌤…….”

“응?”

강성윤이 교무실 밖에 서 있는 나를 쳐다봤다. 얼른 들어오라는 신호였다. 그 애의 눈짓에 맞춰 엉거주춤 교무실에 들어섰다.

“아, 안녕하세요. 쌤.”

“얼씨구? 웬일로 둘이 같이 다녀? 다현이 너는 왜?”

담임의 말에 답한 것은 내가 아니라 성윤이었다. 잔뜩 너스레를 떨며 성윤이 말을 이었다.

“다현이도 현장학습 가도 되죠?”

“뭐라고?”

"이왕 가는 거 오늘은 함께 가면 좋을 것 같아서요. 저희 아버지가 피디라고 저만 계속 혜택받는 건 불공평하지 않습니까."

강성윤네 아버지가 피디라는 사실은 오늘 처음 알았다. 퍼즐이 어느 정도 꿰맞춰졌다. 아버지 회사에 간다는 핑계로 현장학습을 매일 다녔던 거구나.

담임이 황당하다는 눈빛으로 우리 둘을 바라보았다. 선생님이 눈살을 찌푸리면서 물었다.

"아니, 다현이 너도 알고 있던 얘기야? 너희 부모님 허락은 맡았고? 허 참, 중간 앞두고 둘이 웬 현장학습?"

"자, 잠깐 다녀오면 공부에 오히려 도움이 될 것 같아요! 겨, 견학하고 싶기도 하고요! 어, 엄마도 이런 거 상관없어 하세요. 아니, 좋아하세요."

담임은 한참 동안 말이 없었다. 무슨 생각인 걸까. 잔소리 폭탄을 던지는 것보다 그 침묵이 오히려 무서웠다. 잠시간 생각을 하던 담임이 마침내 입을 떼었다.

"그래, 부모님께 허락도 받았다니까 더 말릴 수가 없구나. 현장학습을 한 놈만 보내주는 것도 불공평하고 말이야. 둘이 조심히 잘 다녀와. 땡땡이치지 말고, 사진 잘 찍고, 서류 잘 작성하고, 도장도 꼭 찍어오고…… 또 뭐 있지?"

나와 성윤은 서로 눈빛을 교환했다. 이러다가는 다시 잔소리 폭격이 쏟아질 것 같았다. 얼른 고개를 숙이고 교무실을 박차고 나왔다.

"그, 그러면 다녀오겠습니다. 내일 봬요. 쌤!"

"감사합니다! 쌤!"

우리는 함께 학교를 나섰다. 아니, 현장학습 가는 게 이렇게 쉬운 일이었나. 황당한 마음에 헛웃음이 나왔다. 성윤이 그런 나를 향해 씩- 웃어 보였다.

"뭐가 웃기냐, 우다현."

"아니, 웃기잖아. 학교 빼는 게 이렇게 쉬운 일이라니."

"쉬운 일 같아 보이냐?"

강성윤이 으스대면서 말했다.

"모든 게 다 내 전략이었어. 어차피 담임은 나 포기한 상태라고. 공부는 답이 없으니, 전공으로 잘 밀어붙이래. 그래서 나는 현장학습 잘 보내줘."

"쌤이 현장학습 잘 보내주는 게 왜 네 전략인데?"

"그래서 내가 먼저 가서 딱 허락받고, 다현이 너도 갈 수 있게 도운 거야. 같은 현장학습인데 누구는 보내주고, 누구는 막는 건 말이 안 되잖아. 그러면 대놓고 차별하는 거니까."

"헐…… 너 보기보다 약았다?"

"뭐, 쌤도 다 알면서 속아주시는 거지. 그리고 우다현 너는 어차피 쌤이랑 친하잖아. 쌤도 너한테 요즘 뭔가 미안해하는 것 같던데?"

"담임이 나한테 미안해한다고?"

나는 의아한 마음으로 생각에 잠겼다. 이제야 담임 선생님의 순순한 허락이 이해가 갔다. 최근 나를 몰아붙인 게 쌤도 마음이 쓰였구나. 그래서 잠시 고민하다가 나를 풀어 준 거구나. 그런데, 성윤이는 아무 생각도 없어 보이는 애가 용케 그런 건 잘도 알아차린다.

"강성윤, 너 눈치 빠르다?"

"원래 가족 많은 집에선 눈치가 빨라야 살아남는 거야. 그나저나 너는 어쩔래?"

"응? 뭘 어떡해?"

강성윤이 나를 그윽한 눈으로 바라보았다. 명랑한 표정은 이따금 이렇게 진중해지곤 했다. 그 애 등 뒤로 바람이 불자 미묘한 향기가 났다. 크림 향과 레몬 향 그 사이 어딘가에 있는.

"차연이를 만나러 갈래? 아니면, 예리를 만나러 갈래? 근데 어차피 너는 예리 때문에 차연이 찾고 있는 거 아니야? 그럼 차연이보단 예리를 만나러 가야 하지 않을까?"

강성윤이 나에게 두 개의 선택지를 제시했다. 우리 둘 사이로 계속 은은한 바람이 불었다. 어쩐지 그 두 개의 질문이 꼭 이런 갈림길처럼 느껴졌다.

‘미래를 쫓아갈래? 아니면, 현재에 집중할래?’

어떤 선택이 맞을까. 미래를 아는 사람에게 가서 무언가를 바꿔야 할까. 아니면, 친구에게 달려가 그 친구의 지금을 함께해 주어야 할까. 이건 하나를 선택하면 하나를 잃는 문제일까.

어떻게 해야 할지 고민하던 나는 결정을 내렸다. 어렵게 생각할 문제가 아니었다.

“야, 강성윤.”

“응?”

“사람이 둘인데 왜 선택지가 하나야? 너는 문차연 찾으러 가. 걔 만나면 미래가 뭐가 어떻게 바뀌었는지 나한테 알려줘. 그리고 나는 예리한테 가볼게.”

그렇다.

미래와 현재, 둘 중 나의 선택은 두 개 모두를 고르는 것이었다. 미래를 쫓는 동시에 현재에 집중하는 것. 강성윤의 도움을 받는다면 충분히 가능한 일이었다. 내 말에 성윤이 빙긋 미소를 지었다.

“이야, 우다현 천재인데?”

단순한 그 반응이 내 마음을 울렁거리게 했다. 그리고 깨달았다. 내가 이 애를 좋아하는 이유는 바로 이런 명쾌함이라는 것을.

하지만 동시에 깨달았다. 이제까지 나는 성윤의 겉모습
만 좋아하고 있었다는 것을.

지금은 이 혼란한 마음에 그냥 머무르고 있을 수밖에 없
었다.

아, 후련하다

이것저것 생각할 겨를이 없었다.

예리가 도대체 어디에 있을까. 분명 아침까지만 해도 지하 복도에 있던 예리였다. 조회 시간까지 시간이 조금 뜨기는 했지만, 그사이 집에 돌아가진 않았으리란 생각이 들었다. 무언가 학교에 볼일이 있어서 방문한 사람처럼 보였으니까.

"헉헉. 아, 배예리, 설마 벌써 집에 가버린 건 아니겠지."

나는 숨을 헐떡거리며 중얼거렸다. 예리가 평소 버스를 타던 하천 근처까지 내달린 탓이다. 다행인지 불행인지 이곳에서 혁신 도시로 가는 차편은 많지 않고 배차 간격도 긴

편이다. 게다가 시간을 제대로 맞춰 오는 법이 없어서 예리와 나는 종종 정류장에서 수다를 줄곧 늘어놓곤 했다.

"배예리! 예리야!"

불안했다. 항상 늦게 오던 버스가 오늘은 시간표에 맞춰 정확하게 도착했을까 봐. 아니면, 진즉에 예리가 부모님 차를 타고 멀리 떠났을까 봐. 전학은 갈 수 있다. 하지만 이런 갑작스러운 전학은 이상하다.

물 냄새가 났다. 며칠간 비가 내려 물이 많이 불은 하천이었다. 흙과 물이 섞여 기분 나쁜 냄새가 코를 찔렀다. 신경 쓸 겨를은 없었다. 나는 달렸다. 계속 달렸다. 정류장을 향해서, 예리가 아무런 말도 없이 훌쩍 사라지지 않았으면 하는 마음으로.

"야, 배예리!"

숨을 헐떡거리며 버스 정류장에 도착했다. 의아한 표정의 긴 생머리가 나를 보고 있었다. 여전히 한 손엔 수상한 짐가방을 든 채였다.

"와, 우다현. 너 학교 쨌어?"

예리가 황당하다는 얼굴로 나를 쳐다보았다. 그 애가 주머니를 뒤지더니 손수건 하나를 꺼냈다. 서슴없는 손길이 나를 향해 들이닥쳤다.

"아이고, 바보야. 도대체 왜 눈물 콧물 다 흘리면서 뛰어와. 여섯 살이야?”

“우, 울지는 않았거든!?”

나는 예리의 손에서 얼른 손수건을 뺏어 들었다. 사실이
다. 울지는 않았다. 그저 달리느라 눈가에 땀이 조금 많이
흘렀을 뿐.

“너, 너, 갑자기 전학이라니 무슨 소리야!”

예리가 내 얼굴을 물끄러미 쳐다보았다. 그 애와 나 사이
로 가을바람이 불었다. 찬 기운을 머금은 구월의 숨결. 잠
시 고요를 지키고 서 있던 예리가 입을 열었다.

“저번에 버스 정류장에서 말이야.”

“응? 버스 정류장?”

“응.”

예리는 나를 향해 찡긋 미소를 지었다. 무언가를 결심한
듯한 얼굴이었다.

“그때, 처음으로 누군가한테 속 얘기를 한 거야. 사실 다
현이 너랑 내가 친하긴 해도 그렇게까지 깊이 얘기한 건 그
때가 처음이잖아.”

일전에 나눴던 대학과 부모님에 대한 이야기였다. 그때
의 대화를 왜 지금 언급하는 걸까. 예리가 나를 갑자기 꽉
끌어안았다.

“고마워. 그때 정말 후련했어. 그래서 말인데 이 얘기도

좀 들어줄 수 있어?”

“뭔데……. 아, 뭔데!”

나는 예리의 포옹을 풀어내며 그 애를 다그쳤다. 도대체 뭐 때문에 갑자기 전학을 간단 말인가. 지하 복도에서 들고 있던 짐가방은 다 무엇이고 말이다. 예리가 나에게 말했다.

“나 사실 저번 기말고사 때 유출된 문제로 시험 친 거야. 이 가방엔 그 문제들이 들어 있고.”

믿기지 않는 사실이 그 애의 입에서 흘러나왔다. 충격받은 내 앞으로 예리가 조용히 고개를 수그렸다.

“근데 난 진짜 멍청이인가 봐. 유출 문제를 못 외울까 불안하더라? 그래서 학교에 문제 들고 와서 달달 외웠어. 시험 직전까지. 그리고 아무도 안 오는 지하 복도에 처박아 뒀어.”

예리의 짐가방으로 저절로 시선이 옮겨졌다. 그러면 저 수상한 검은색 가방에 지난 시험의 문제가 들어 있단 말인가. 그런 생각을 하고 있을 때 갑자기 예리가 고개를 숙이며 사과했다.

“미안해. 그런 주제에 2등이라고 뻐겨서. 네가 보기에도 한심하지? 문제도 미리 받았는데 반 2등밖에 못 하고.”

예리의 눈에서 굵은 눈물방울이 떨어지기 시작했다. 그 애가 어깨를 들썩거리며 말을 이어 나갔다.

"심지어 나 이거 누구한테 걸린 것도 아니야. 갑자기 그 브로커가 이번 중간부터 문제를 못 주게 됐다고 통보하더라. 그래서 미칠 것 같았어. 난 그거 없으면 성적 안 나오니까. 그래서 부모님한테 가서 다 말했어. 이제 반 2등도 못한다고, 엄마 아빠 딸이 이렇게 멍청하다고."

나는 울먹이는 예리에게 손수건을 되돌려 주었다.

"아니……. 그러면 너 인문계로 전학 가는 건 뭐야?"

"담임 선생님이 그렇게 말씀하셨어? 나 전학 가는 거 아니고 자퇴하는 거야. 엄마 아빠가 걸리기 전에 그냥 자퇴하래. 그리고 인문계는 어차피 답 없으니까 서울에서 검정고시 보면서 대학 준비하래. 다 맞는 말이잖아. 그래서 그렇게 하기로 했어. 어차피 우리 아빠도 다시 서울 올라가시게 됐거든. 같이 따라가는 거지."

예리가 잠시 나를 바라보더니 마지막 진실을 털어놓았다.

"나 사실 오늘 아침에 담임 선생님 만나서 이거 다 말했어."

"그걸 말했다고?"

나는 황당한 마음에 짧은 질문을 던질 수밖에 없었다. 뻔히 자신이 손해 볼 일이다. 생활 기록부에 적힌다면 두고두고 탈이 생길 것이다. 뭐라고 얘기를 해줘야 할지 알 수 없었다. 그 애의 정직함에 감탄해야 하는 걸까. 아니면, 위로를 건네야 하는 걸까.

예리는 망설이는 내게 너털웃음을 지어 보였다.

"알아, 우다현. 나 바보 멍청이인 거. 야, 근데 어차피 다 끝났어."

"뭐가 끝나는데?"

"담임 선생님이 딱 이렇게 말씀하시더라. 자기는 아무것도 못 들은 걸로 하겠대. 잘 가고, 잘 살래."

예리의 말이 끝나기 무섭게 저 멀리 버스가 보였다. 예리가 항상 타는 그 버스였다. 난 예리의 짐가방을 대신 들어주며 배웅했다.

"야, 버스 왔다. 타."

"어, 어, 어?"

"집엔 가야지."

엔진 소리가 짧은 진동과 함께 울렸다. 움직이기 전의 버스는 묘하게 긴장을 품고 있었다. 이 시간을 놓치면 버스는 떠날 것이다. 나는 짐가방을 얼른 예리의 손에 안겨주었다.

"야, 챙겨. 버리든지 보관하든지. 어쨌든 가져가야 할 거 아니야."

"어? 어……."

"빨리 타! 버스 가겠다!"

문이 닫히기 직전, 예리가 급하게 올라탔다. 나는 멀어져

가는 차창을 바라보며 손을 흔들었다.

어쩌면 버스는 시간을 닮아 있다. 우리를 기다려 주지 않고, 잘못 도착한 사람을 위해 멈추는 법이 없다. 정해진 시간, 정해진 방향으로 늘 일관성 있게 간다. 맞추지 못하면 떠나보낼 수밖에 없다.

예리도, 나도, 우리 모두 제때 타야 할 버스가 있는 거겠지.

"잘 가! 서울 가서도 연락은 하고!"

떠나는 예리를 복잡한 표정으로 쳐다보았다. 그 애가 차창에 얼굴을 대고 무어라 중얼거렸다. 그 입 모양은 이렇게 보였다.

'아, 후련하다. 고마워.'

예리를 향해 계속 손을 흔들었다. 버스가 더 이상 보이지 않을 때까지. 버스는 서서히 속도를 올리며 내 시야를 벗어났다.

주머니에서 가벼운 진동이 울렸다. 강성윤의 메시지였다.

"이젠 미래를 향해 가야지."

나는 발걸음을 움직였다.

근데 도대체 문차연은 그곳에 왜 간 거야.

우리의 미래

나는 강성윤을 말없이 쳐다보았다. 이게 사실이라니 믿고 싶지 않았다. 어째서 내가 케이블카 같은 걸 타야 한단 말인가.

"문차연 걔는 도대체 거기 왜 있어?"

"과거 탐방? 한국의 명소를 찾아라?"

"그거 농담이야, 진담이야?"

해상케이블카를 타면 서해로 잇닿는 무수한 섬 가운데에 도착할 수 있다. 유네스코 유산에 지정됐다는 바다 한복판. 평생을 산당에 살면서도 그곳에 가본 적은 없었다.

"야, 강, 강성윤. 나는 바다도 무서워하고, 하늘도 무서워

해. 도대체 거길 왜 가야 해?”

“우다현, 도대체 산당에서 어떻게 살았냐? 산도 많고, 바다도 많은데?”

“산은 안 올라가면 되고, 바다는 안 들어가면 되는 거잖아. 자연은 바라만 볼 때 아름다운 법이야. 봐봐! 이게 무슨 난개발이냐고!”

나는 소리를 지르며 주변을 가리켰다. 해안 케이블카 주변 이곳저곳엔 현수막이 붙어 있었다.

– 산당의 자연을 지킵시다!!!!
– 제3케이블카 건립 결사 반대!!!
– 산당 바다, 목숨으로 지켜낸다!!!!

불온하고, 무서운 문구들이 바닷바람을 맞으며 펄럭거렸다.

“바다에 케이블카를 세, 세 개나 짓는 게 얼마나 몹쓸 짓이야! 아니, 애초에 섬에 왜 케이블카를 타고 들어가냐고!”

강성윤이 나를 향해 천진한 미소를 지었다. 그 애가 짓궂은 얼굴로 내게 되물었다.

“그러면 케이블카 말고 배 타는 거면 갈 거야?”

“아니, 배가 더 싫어.”

단호하게 고개를 저으며 그렇게 답했다. 강성윤은 바들바들 떠는 나를 무시한 채 카메라를 연신 점검했다.

"이 정도면 영상 하나는 뚝딱이겠지? 아니, 현장학습인데 증거가 있어야 할 거 아니야. 한 번이라도 삐끗하면 이제 국물도 없다고."

그 애는 연신 장비를 점검했다. 장비라고 해봤자 별게 없었다. 사과폰 하나랑 카메라봉, 특별한 소품은 옷에 다는 마이크 정도가 다였다.

"뭐, 이렇게 했는데도 음성 못 따면 나중에 자막 입히는 걸로 하자."

"야, 강성윤. 넌 바다 안 무섭냐?"

"바다가 왜 무섭냐. 난 물만 보면 그렇게 좋더라."

그 애의 눈가로 푸른 물결이 일렁거렸다. 아니, 바닷가 마을에 살면서 무슨 물을 좋아한단 말인가. 산당 사람 대부분은 바다에 별생각이 없다. 굳이 따지면 바다를 싫어하는 사람도 많다.

"야, 차연이 내 딸이 아니라 네 딸 아니야? 어이가 없네. 엄마는 이렇게 물을 싫어하는데 걘 왜 바다가 좋다는 거야?"

내 말을 들은 강성윤이 갑자기 입을 다물었다. 소금기를 머금은 바람이 우리의 침묵에 스며들었다. 잠시 고요를 지키던 그 애가 뜻 모를 한마디를 했다.

“그래? 내 딸인가?”

우리가 탑승할 케이블카는 2년 전에 지어진 신형이었다. 티브이 뉴스에도 나왔던 거대한 플랫폼이 우리 앞에 있었다. 광이 도는 신식 건물인데도 손님은 나와 성윤이밖에 없었다. 심지어 매표소에서 표를 끊던 사람이 급하게 달려 나와 티켓 확인을 해주었다.

“야…… 여기는 직원도 한 명밖에 없나 봐. 괘, 괜찮은 거야?”

“에이, 뭐가 걱정이야. 최첨단 자동화 설비에 시내 중앙에서 통제소가 관리하는 시스템. 산당 전체에 뿌리던 광고였는데, 설마 못 봤어?”

“그, 그, 그거야 봤는데…….”

나는 침을 꿀꺽 삼키며 케이블카를 향해 걸어갔다. 그런데 우리 뒤에서 누군가가 소리를 질렀다.

“엄마!”

똑단발의 익숙한 얼굴, 문차연이 발랄한 말투로 나와 성윤에게 인사를 건넸다. 그저 황당할 따름이었다.

“뭐야!? 이미 섬에 들어갔던 거 아니야?”

“에이, 그게 뭐가 중요해요? 여기까지 왔으면 이미 들어간 거지. 자자, 들어가요. 첫사랑 특공대.”

문차연의 능청스러운 말에 우리 셋은 케이블카에 나란히 탑승했다. 나는 강성윤을 노려보았다. 이 자식, 지금 나를 속여먹은 거야? 둘이 편 먹고 나를 놀린 게 분명해.

"야, 강성윤. 넌 다 알고 있었지?"

"그게 뭐가 중요합니까."

"야, 너희 둘만 아는 사실이 있다는 게 중요한 거지. 아니, 다 같은 첫사랑 특공대니 뭐니 떠들더니 이런 비열한 녀석들!"

두 사람은 씩- 웃어 보이더니 나를 케이블카에 앉혔다. 자동으로 문이 닫히고 거대한 케이블카는 바다를 향해 내달리기 시작했다.

"으으…… 바다 싫어."

나는 바닥으로 고개를 아예 처박았다. 하지만 바닥은 투명 유리로 되어 있었다. 내 발밑에 컴컴한 파도가 들이닥치는 게 보였다. 앞뒤 좌우 그 어디에도 시선을 피할 곳이 없었다.

"으악…… 도대체 사람들은 왜 이런 괴상한 걸 타고 다니는 거야."

눈을 감았다. 피할 곳이 없다면 내 눈이라도 감아야지. 그런데 내가 만든 암흑 사이로 다가오는 손길이 있었다.

"엄마."

문차연이 나지막한 목소리와 함께 내 손을 잡았다. 나의 어둠 속으로 영문 모를 온기가 찬찬히 흘러들었다.

"내가 두 눈을 감는다고 세상이 나를 못 보는 건 아니에요. 내가 바다를 피해도, 바다는 결국 거기에 있어요. 우리의 무서움과는 상관없이."

문차연이 내게 건넨 말 중에 가장 진지한 말이었다. 그 말에 힘입어 나는 눈을 조금씩 떴다. 간신히 눈꺼풀을 들어 올리는 내게 차연이 다시 말했다.

"그리고 그건 엄마가 해준 말이에요."

"문차연."

"네?"

나는 차연의 두 손을 꼭 붙들고 천천히 입을 뗐다. 그리고 내가 그 애를 찾은 이유를 물었다.

"우리가 바꾸려는 미래 때문에 예리의 미래가 달라진 거야? 아니, 우리 때문에 예리가 자퇴한 거야?"

"미래를 꼭 알고 싶어요? 대체 왜요?"

문차연이 궁금하다는 표정으로 나를 쳐다보았다. 그 애의 등 뒤로 거대한 통유리가 보였다. 흘러가는 뭉게구름이, 구름을 스쳐 지나가는 새가, 한낮의 여유로운 햇살이 보였다. 그리고 나는 말했다.

"내 미래를 바꾸는 것으로 누군가에게 폐를 끼치면 안 되니까. 그렇다면 나는 미래를 바꾸지 않을 거니까."

"그건 그냥 회피예요."

문차연은 왠지 모르게 쓸쓸한 목소리였다. 나는 그 애를 타이르듯 손을 꽉 잡았다.

"아니, 그건 내 선택이야. 정해진 미래를 그대로 걸어가는 것. 그게 내가 내린 나의 결정이야."

문차연이 나를 물끄러미 바라보았다. 성윤은 옆에서 우리 두 사람을 말없이 들여다보고 있었다. 깊은 침묵 끝에서 차연이 마침내 입을 떼었다.

"원래 배예리는 기말고사 때 퇴학을 당해요. 그리고 그 과정에서 배예리의 잘못을 숨기려던 엄마의 담임도 같이 학교를 떠나요. 그 후 엄마는 영영 두 사람을 만나지 못해요."

차연이 전해준 건 생각보다 충격적인 이야기였다. 그 애가 내 손을 부드럽게 그러쥐었다.

"엄마의 원래 미래보다 지금이 조금 더 낫게 달라진 거예요. 엄마는 배예리와 계속 연락하고 살면 되고, 그 사람도 아무 풍문에 시달리지 않고 잘 살면 돼요. 담임도 계속 일을 하겠죠. 일은 이렇게 마무리된 거니까."

나는 차연을 말없이 바라보았다. 미래가 조금 낫게 달라졌다. 그 말이 내 귓가를 맴돌았다. 그럴까, 그런 걸까. 미래는 정말 더 나아진 걸까. 적막을 버티고 있는 내게 차연이 말을 걸었다.

"엄마."

"응?"

"미래에 이 케이블카 중 하나는 선이 끊어져서 큰 사고를 내요. 그리고 여기 보이는 섬들도 전부 바다에 가라앉아요."

"뭐라고?"

"그게 미래라고요. 미래가 뭐 아름다울 줄 알았어요? 미래엔 바나나도 없고, 마구 지어놓은 케이블카는 결국 사고를 내고, 산당도 절반이나 물에 잠기죠. 그게 미래예요."

문차연이 왜 이런 말을 두서없이 늘어놓는지 이해할 수 없었다.

"그, 그래서, 뭐 어떡하라고? 왜 갑자기 그런 말을 하는데? 화풀이야, 뭐야? 날 비난하는 거야? 미래가 그렇다고 내가 왜 네 뜻대로 행동해야 해? 내가 네 엄마라서?"

"어떻게 그런 말을 해요?"

차연의 표정은 잔뜩 일그러져 있었다. 속상함과 배신감의 표정. 그래, 내가 엄마와 다툴 때 보이는 감정이 그 애의 얼굴에 떠 있었다. 이 애가 나의 딸이란 사실이 어쩐지 소름 끼쳤다. 닮았다는 사실은 이렇게까지 무서울 수 있구나.

문차연이 이어서 말했다.

"우리가 바꿀 수 있는 미래만 조금 바꾸자는 거예요. 그냥 할 수 있는 한 최선을 다해보자고요. 미래는 평화롭고 묵묵하게 더 안 좋은 쪽으로만 가고 있어요. 하지만 조금이라도, 조금이라도 바꿔보자고요. 엄마의 그 미래를."

차연의 일장 연설이 우리 세 사람 사이를 관통했다. 바닷바람이 거칠게 부는지 케이블카가 순간 흔들렸다. 아찔한 발밑으로 거대한 포말이 부서졌다. 문차연이 들릴 듯 말 듯 작은 목소리로 내게 말했다.

"엄마가 행복하면 좋겠어요."

행복은 무엇일까. 머릿속으로 갑자기 한 가지 말이 문득 떠올랐다. 딸 마음은 다 그렇다는 말, 그저 엄마가 행복하게 살기를 바란다는 말.

그건 외할머니의 행복을 바라는 엄마의 말이었다. 나는 내 행복을 빌어주는 문차연의 손을 잡았다. 나를 엄마라 부르는 이 작은 시간 여행자. 네가 나의 행복을 빈다는 것이 어떤 마음인지, 그리고 또 어떤 의미인지 헤아리면서.

첫사랑 특공대. 우리는 앞으로의 계획을 어떻게 세워야 할까. 앞으로의 미래를 어떻게 하면 좋을까. 나는 나보다 문차연이 행복하면 좋겠다는 생각을 했다. 어쩌면 외할머니도, 우리 엄마도 다 비슷한 생각을 하고 있지 않을까.

바닷가 별장에서

"자, 도착했다. 여기가 바로 우리 가족의 별장이야!"

성윤은 밝은 목소리와 함께 손짓했다. 하지만 얼굴엔 어색한 미소가 감돌고 있었다. 그 애가 별장이라고 소개한 것은 해안가 가장 오른쪽에 있는 큰 건물이었다. 방파제 근처의 회색 별장 앞에 우리 세 사람이 나란히 섰다.

"근사한데?"

나는 한 치의 거짓도 없이 답했다. 성윤이는 조금 민망해하는 느낌이었지만 나는 진심으로 근사하다고 생각했다. 파도를 마주 보는 하얀색 담장, 소금기를 머금은 바람의 냄새. 비록 건물의 외관은 허름했지만 나는 우리 셋이 들어갈

곳이 있다는 것 자체로 좋았다.

"들어가자, 강성윤. 야, 뭐 해. 문차연, 너도 들어와. 안 추워?"

나는 마치 내 집이라도 되는 듯 두 사람을 잡아끌었다. 별장 안은 태가 났다. 널찍한 공간 가운데에 별안간 소파가 있었다. 게다가 그 옆엔 철제 프레임의 침대도 있었다. 한쪽 구석엔 캠핑용 테이블과 접이식 의자 두 개가 나란히 놓여 있었고, 그 옆엔 미니 냉장고도 있었다. 얼마나 쓸고 닦았는지, 바닥과 벽은 광이 돌기까지 했다.

"이야, 성윤아. 여기 멋있다."

"하, 하하."

성윤이 쑥스러운 웃음과 함께 안으로 들어왔다.

"우리 아빠 너튜브 피디야. 본인 채널도 있고 말이야. 그래서 자주 이 섬에서 콘텐츠 촬영하셔. 나도 자주 돕고 말이야. 아빠 채널 자체가 거의 가족 채널이야. 그러니까 여기가 일종의 스튜디오 같은 거지."

"이야, 그래서 관리가 잘되어 있구나?"

"근데 사실상 관리는 내가 다 하지. 아빠는 요즘 여기 잘 안 들어오시거든. 국립공원에선 촬영해도 조회수가 별로 높지 않대. 사람들이 자연은 별로 관심 없어 하거든. 덕분에 여긴 내 전용 별장이나 다름없지."

"우와…… 여기가 강성윤 너의 전용 땡땡이 장소네. 그럼 너희 부모님은 이렇게 결석해도 그냥 다 도장 찍어주셔? 허락하신 거야?"

내 말을 들은 강성윤이 씩- 미소를 지어 보였다. 그 애가 소파 위에 아무렇게나 널브러져 있는 도장을 집어 들었다.

"허락이 뭐 별거야?"

성윤이 현장학습 신청서에 그대로 도장을 찍어버렸다. 황당한 광경이었다. 아니, 얘네 부모님은 이런 걸 정말 신경도 안 쓴단 말인가.

"야, 이래도 돼? 부모님 건데 마음대로 찍어도 되는 거야?"

"우리 가족 아홉 명이라고 했잖아. 내 밑으로도 동생이 둘이야. 둘째 누나랑 셋째 형은 고2, 고3이고 말이야. 현장학습 신청서 도장 받겠다고 엄마 아빠 조르다간 그것만으로 하루가 다 갈걸?"

"그래서 네가 막 찍는다고?"

"막 찍는 게 아니라 그게 우리 가족 방침이야. 각자 빠지고 싶으면 알아서 빠지고, 책임질 건 알아서 책임지기. 한 사람 한 사람을 꼼꼼히 챙길 수가 없으니까."

"성윤이, 너희 부모님은 진짜 자유로우시네."

강성윤은 쓸쓸한 표정으로 잠시 한숨을 짓더니 소파에 그대로 주저앉아 버렸다.

"그런가? 자유로운 건가? 그냥 무관심인 것 같기도 한데. 여섯째 중에 넷째라는 게 말이야. 약지도 아니고 중지도 아니고 그렇잖아. 뭔가 좀 애매한 위치?"

강성윤은 진지한 표정으로 허공을 쳐다보았다. 그 애가 바라보는 시선의 끝엔 그저 하얀색 담벼락이 차갑게 서 있었다.

"우다현, 그거 알아?"

"응? 뭘?"

"우리말에서 넷째 손가락은 따로 이름이 없다?"

"응?"

"그렇다고. 순우리말에서 다른 손은 다 이름이 있는데, 넷째는 이름이 없어. 심지어 한자로 부를 땐 무명지라 부를 때도 있다니까? 무명이 이름이냐. 하, 하하."

녀석은 심각한 얼굴을 하고 그런 말을 중얼거렸다. 이럴 땐, 무어라 답해야 할까. 침묵을 버티고 서 있는 내 곁으로 성윤이 다가왔다.

"그냥 그렇다고. 하하하."

그 애가 진중함을 깨뜨리고 다시 웃음을 터뜨렸다. 그리고 그제야 나는 깨달았다. 강성윤은 결코 밝은 아이가 아니라는 것을. 그 녀석은 명랑하고 천진한 게 아니라 긍정적으로 보이기 위해 무진 애를 쓰고 있었던 거다. 밝은 것과 긍정적인 것은 다르다. 그리고 긍정 뒤에는 무수히 많은 망설임과 고민, 그리고 무엇보다 슬픔이 도사리고 있다.

그리고 나는 알았다. 오늘 비로소 내 마음의 빗장 어딘가가 허물어졌단 사실을. 단지 호감이란 말 한마디로 표현할 수 없는 무언가가 자라난단 것을.

"야, 강성윤."

"응?"

"그렇게 맨날 웃을 필요 없어. 어차피 여기엔 나랑 차연이만 있잖아."

기껏 용기 내서 건넨 그 말에 강성윤은 답이 없었다. 말 없는 그 모습이 왠지 길을 잃은 사람 같았다. 그 애가 내게 물었다.

"웃지 않으면? 그럼 울어야 해?"

진심인지 농담인지 모를 소리로 성윤이 말했다. 이 세상엔 '울다'와 '웃다' 두 개의 선택지밖에 없는 게 아닌데.

잠시 고개를 떨구고 서 있던 성윤이 내 쪽을 향해 다가왔다. 아니, 그 애가 향한 사람은 내가 아니라 문차연이었다.

"야, 차연아. 괜찮아?"

다급한 성윤의 목소리에 뒤돌아서 차연을 보았다. 차연이 파리한 안색으로 서 있었다. 몸을 바들바들 떨던 그 애는 급기야 그대로 쓰러졌다. 가냘픈 체구의 그 작은 아이를 나와 성윤이 다급하게 받았다.

성윤은 차연을 번쩍 안아 침대로 옮겼다. 그러더니 바로 냉장고에서 차가운 수건 한 개를 꺼냈다. 언제나 준비되어 있었다는 듯이 그 안엔 여러 장의 헝겊이 겹쳐 있었다.

"이게 다 뭐야?"

"차연이가 쓰는 거."

성윤은 당연하다는 듯이 대답했다. 이 모든 일이 어떻게 진행되는 건지 알 수가 없었다. 갑자기 바깥에서 거친 바람 소리가 들렸다. 헐겁게 닫힌 창문이 덜커덩거렸다. 나는 얼른 몸을 움직여 성윤을 도왔다.

"수건 말고는 필요한 거 없어?"

"어? 어, 그 소파 옆에 보면 서랍 있거든? 거기에서 약 좀 꺼내줘."

나는 서둘러 자리를 옮겼다. 가장자리가 터진 소파 옆에는 삼단 서랍이 있었다. 여기 어디에 약이 있다는 거지. 정신없이 모든 서랍을 열어보았다. 두 번째 서랍에 알약 더미가 있었다.

"찾았어! 이거야?"

성윤이 고개를 끄덕거리고는 누워 있는 차연의 입에 약을 털어 넣었다.

"차연아, 일어나 봐. 이거 먹고 자."

그새 의식이 조금 돌아왔는지 차연은 약을 받아 꿀꺽꿀꺽 삼켰다. 혼몽해 보이는 그 시선이 우리 두 사람을 번갈아 향했다.

"미안해요……."

어처구니가 없었다. 의식도 제대로 없는 주제에 미안함을 표하다니. 나는 문차연의 몸을 주무르며 성질을 냈다.

"바보야, 몸이나 추슬러! 어쩌다가 이런 거야!"

문차연은 이미 대답할 수 없는 상태였다. 눈을 감은 그 애의 옆에서 강성윤이 대신 답했다.

"차연이, 가끔 이러더라고. 몸이 별로 안 좋아. 찬 바람을 너무 맞았나 봐. 최근에 일찍 일어나느라 무리도 했고."

"애, 자주 이래? 아까 먹은 약은 뭐야?"

"아아…… 해, 해열제 먹인 거야. 자주 이러진 않고 가끔 이래."

강성윤은 어쩐지 말끝을 흐리는 느낌이었다. 하지만 더 다그칠 순 없었다. 나와 성윤의 사이로 차연의 고통스러운 신음이 끼어들었기 때문이다.

"흐, 흐읍……."

나는 급하게 차연을 다시 주무르며 이마를 짚었다. 아니나 다를까, 이마가 불덩이였다. 아까 얹어둔 수건이 벌써 미지근해질 정도였다. 성윤이 냉장고로 향하며 중얼거렸다.

"차연이는 괜찮을 거야. 자주 이랬다가 다시 좋아지곤 했으니까."

그제야 나는 성윤의 몸이 아주 가늘게 떨리고 있다는 사실을 알았다. 그래, 이 애도 긴장하고 있었다. 어떻게 이런 일을 익숙하게 해냈단 말인가. 그런 생각이 들자 성윤이 더 대단하게 느껴졌다. 무서움을 이겨내고 해야 할 일에 집중하는 그 애가.

별장에는 차연의 불안정한 숨소리만 계속 맴돌았다.

친구의 대답

섬에서 돌아온 후 기진맥진 잠에 들었다. 오늘 벌어진 모든 일이 현실 같지 않았다.

꿈속에선 하루 동안 벌어졌던 모든 일이 마구 쏟아졌다. 처음 타본 케이블카, 포말이 밀려오는 바다, 성윤의 근사한 별장, 그리고 쓰러진 문차연까지.

"흐, 흐아아아!"

나는 비명을 지르며 잠에서 깼다. 무언가 겪고 싶지 않은 일을 꿈에서 보았는데 무엇인지 전혀 기억나지 않았다. 땀에 잔뜩 절은 머리맡 탁상시계가 지금이 새벽 세 시 반임을 내게 알려주었다.

"이제는 자동으로 몸이 이때 기상을 하네. 어휴."

며칠간, 첫사랑 특공대와 함께 혜준을 쫓아다닌 덕분일까. 누가 깨워주지도 않았는데 이 시간에 일어나고 말았다. 악몽보다도 끔찍한 새벽 등교 앞에서 나는 진저리 쳤다.

"아악…… 더, 더, 더, 자고 싶다."

잠시 몸부림치던 나는 이내 마음을 고쳐먹었다. 빠르게 세수한 뒤 옷을 걸쳐 입었다. 그리고 옥탑방을 향해 올라갔다.

"문차연, 문차연! 자!?"

안에서는 아무런 소리가 없었다. 슬머시 대문을 당겨보았지만 열리지 않았다. 잠시 망설이다가 나는 내가 알고 있는 도어록 비밀번호를 눌러보았다.

"아직 비밀번호 번호 안 바꿨나?"

내 생일을 누르자 차연의 문은 전자음과 함께 순순히 그 안에 들어오는 걸 허락했다.

안은 단출했다. 성윤이네 별장보다도 살림살이가 더 없었다. 아니, 당장 학교 밴드부실만 해도 이 집보단 뭐가 많을 것 같았다. 어둠을 헤집고 나아간 자리엔 딸랑 침대 하나가 있었고, 그 위에서는 문차연이 끙끙대고 있었다.

"어, 엄마. 엄마……."

나는 그 소리에 차연을 내려다보았다. 싱글 매트리스의 절반도 차지하지 못하는 조그만 여자애. 그 애는 나를 부르고 있는 게 아니었다. 눈도 뜨지 못한 채 무언가를 중얼거리고 있었다.

"가야 해. 바꿔야 해. 엄마, 엄마가 행복해야 해……."

문차연은 도대체 무엇에 이렇게까지 집착하는 걸까. 이 아이에게 나와 혜준의 과거가 달라지는 것이 어떤 의미인 걸까. 차연은 침대에서 일어나려고 애썼다. 나는 녀석의 손목을 그러쥐며 말했다.

"야, 문차연. 누워 있어. 혜준이한테는 나 혼자 가도 되니까."

"어, 엄마…… 왔어요?"

눈이 반쯤 감긴 채로 차연이 대답했다. 나는 녀석을 침대에 곱게 눕힌 채 이불을 끌어당겼다. 그리고 보일러를 작동시켰다.

"너는 왜 보일러도 끄고 있어. 관리비 많이 나오면 우리 집에서 다 내줄게. 걱정 말고 따뜻하게 있어. 나 간다."

"가, 같이 가요."

"아, 됐어. 나나 문혜준이나 너 없이도 잘 등교할 수 있어. 네 소망대로 개랑 등교할 거니까 그냥 누워 있어."

"아, 아니에요. 같이 가요."

"아, 진짜 왜 이렇게 고집을 부려. 그리고 너 놔두고 가는 거 자체도 불안해. 네가 이렇게 아픈데 오늘도 가야 하나 싶다고."

"가, 가야죠."

진짜 못 말리는 고집쟁이였다. 나는 핸드폰을 꺼내 강성윤에게 문자를 보냈다.

[차연이가 걱정돼. 와서 좀 살펴줄 수 있어? 일어나 있지? 비번은 XXXX이야.]

불과 십 초도 지나지 않아 답장이 왔다.

[그래.]

그 애답지 않은 단답이었다. 이 반응이라면 바로 출발할지도 모른다. 한결 안심이 되었다. 나는 차연을 다독였다.

"나 진짜 다녀올 테니까 누워서 쉬어. 너 이러면 나 걱정돼서 못 가."

그제야 문차연은 잠자코 이불을 덮었다. 누굴 닮아서 이렇게 황소고집일까. 혹시 몰라 엄마에게도 문자 하나를 보내놓았다.

[딸 먼저 등교함. 근데 옥탑방 애 아픈 것 같더라. 좀 살펴줘.]

엄마는 여섯 시쯤에 일어나니까 그때부터 차연이를 챙겨 줄 수 있을 것이다.

문차연이 누워 있는 모습을 확인한 나는 집을 나섰다.

오늘은 어쩐지 문혜준이 정말로 보고 싶었다. 첫사랑 특공대고 나발이고 그런 건 다 상관없었다. 그냥 오래된 친구가 보고 싶은 날이었다.

우리 집에서 멀지 않은 곳에 문혜준이 살고 있었다. 사자 모양 문고리가 달린 청색 대문의 집이 그 녀석의 집이었다. 잠시 기다리려고 폼을 잡는데, 문혜준이 튀어나왔다. 마치 나를 기다리고 있었던 듯한 몸짓이었다.

"우다현, 왔냐?"

"너, 나 기다렸어?"

녀석은 말없이 고개를 끄덕거렸다. 나를 기다렸다는 그 말에 어쩐지 쑥스러워졌다. 메시지엔 답장도 없으면서.

그나저나 녀석의 차림은 완전 한겨울이었다. 목도리에, 패딩에, 귀마개가 달린 모자까지 쓰고 있었다.

"야, 안 더워? 오늘 그렇게까지 춥진 않은데."

"감기가 더 심해질까 봐. 학교 가면 벗으니까 괜찮아."

"감기 아직도 안 나았어?"

혜준은 다시 한번 고개를 끄덕거렸다. 녀석의 고갯짓에 맞춰 두꺼운 목도리가 펄럭거렸다. 그러고 보니 얼굴이 붉게 달아올라 있는 것 같기도 했다.

"건강이나 챙겨라. 문혜준 이 짜샤."

"너도 건강 잘 챙겨라. 우다현 이 짜샤."

우리는 서로를 바라보며 피식 웃음을 터뜨렸다. 그리고 별다른 말 없이 걷기 시작했다. 가만히 한참을 걷고 있는데 문혜준이 아무렇지 않게 질문을 건넸다.

"무슨 일 있냐?"

"응?"

"죽상이네. 너 무슨 일 있을 때면 말수 적어지잖아. 입은 오리처럼 댓 발 나와 있고."

녀석은 무심한 투로 말했다. 나는 그게 좋았다. 담담하게, 툭, 그냥 한마디 걱정을 던지는 문혜준 스타일의 자상함이.

"문혜준."

"응?"

"만약에 네가 과거로 갈 수 있어. 그러면 너네 부모님의 과거를 바꿀 것 같아? 그니까…… 두 분이 더 행복해지라고 노력할 것 같아?"

문혜준은 영문을 모르겠다는 표정으로 나를 쳐다보았다. 그러더니 장난기 어린 얼굴로 이렇게 말했다.

"너, 이혼 가정의 자녀에게 너무 아무렇지 않게 상처 되는 질문을 한다?"

아차, 문혜준의 가정사를 완전히 잊고 있었다. 어쩔 줄 몰라 하는 나에게 문혜준이 손을 휘저었다.

"장난이야, 장난. 근데 갑자기 그런 건 왜 물어보냐?"

"그냥 뭐 궁금해져서."

문혜준은 잠시 고심하는 표정을 짓더니 입을 떼었다. 생각지도 못했던 이야기가 그 애의 입에서 흘러나왔다.

"모르겠어. 엄마와 아빠의 인생은 어떻게 해야 행복해지는 걸까. 서로 이별하고 잘 사는 지금이 최선의 행복 아닐까 싶기도 하고. 그리고 너도 알다시피 난 엄마는 잘 몰라. 나 완전 어릴 때 떨어져서 연락도 안 하니까."

잠시 입을 다물던 문혜준이 내게 이런 말을 툭 던졌다.

"우리 엄마 의사래. 뭐 하는 의사인지, 대학병원 의사인지, 진짜 의사인지 모르겠지만 말이야. 그런데 나 그래서 의대 가고 싶어. 그러면 아빠가 툭 던진 그 말이 진짜가 될 거 같아서. 내게도 엄마가 있단 그 사실이 더 실감 날 거 같아서."

문혜준에게 어떤 말을 건네야 할지 알 수 없었다. 이 애의 가정사가 복잡하단 사실은 어느 정도 알고 있었다. 녀석은 가족과 관련된 얘기를 일부러 피했다. 엄마 얘기도, 아빠 얘기도 전혀 하지 않았다. 집에 누구를 초대하는 일도 없었다. 그래서 나도 부러 혜준과 가족 얘기를 하지 않았다. 녀석이 이런 생각을 한다는 건 오늘 처음 알았다.

"미안. 내가 너무 경솔한 질문을 했다."

문혜준이 내 사과를 듣고 머리를 벅벅 긁었다. 마치 짜증이 난 사람처럼 말이다.

"아, 진짜 이래서 엄마, 아빠 얘기 안 하려는 건데. 야, 이혼 가정이 별거냐? 요새 부모님 두 분 다 잘 있는 경우가 더 적어. 근데 얘기하면 분위기 꼭 이상해지더라."

나는 입을 꾹 다물었다. 다시 사과를 건네기도 애매하고, 무언가 화제를 전환하기도 애매한 찰나, 문혜준이 말을 이어갔다.

"아, 만약 과거로 돌아가면 아빠한테 그 얘기는 할 것 같다."

"응? 무슨 얘기?"

"록밴드 때려치우라고. 그리고 대학은 최대한 좋은 대학을 가라고."

이것 또한 처음 듣는 얘기였다. 록밴드라니 대체 무슨 얘기지. 그리고 이 애 아버지는 한국대 출신 아니었나. 어떻게 대한민국에서 더 좋은 대학을 가라는 거지. 미국이라도 보내고 싶나. 궁금증에 빠진 내게 문혜준이 설명을 늘어놓았다.

"이건 우리 아빠에 대한 변명처럼 들릴까 봐 얘기 안 한 건데……."

"뭔데?"

"우리 아빠 사실 너네 학교 나왔어. 옛날에 영상미디어고로 변하기 전에 말이야. 근데 입학하고서는 록밴드에 빠져서 합주만 겁나 많이 했대. 덕분에 대학도 근처 국립대로 가고."

"문혜준, 너희 아버지 한국대 출신 아니야?"

"한국대 대학원 출신이지. 학부는 산당대야. 그래서 아빠가 지금도 술 마시면 가끔 신세 한탄해. 아니, 강사 생활이 벌써 몇십 년째인데, 아직 대학 들먹이면서 무시하는 사람이 있대."

"야, 산당대도 엄청 좋은 대학이잖아? 내 성적으로는 산당대 문턱도 못 가. 그리고 어차피 한국대 박사 아니셔? 그럼 된 거 아니야?"

문혜준이 한숨을 쉬며 인상을 찌푸렸다.

"야, 무시하는 사람들이 뭐 논리적으로 무시하냐."

그리고 그때, 머릿속으로 밴드부실이 떠올랐다. 그리고 학교에서 오래 근무한 선생님들의 말도 떠올랐다.

'전교 1등을 하던 녀석이

록밴드를 하겠답시고 공부를 때려치웠어.

그것뿐이야? 밴드부 놈들 다 뭐 하고 사는지 몰라.

취업도, 대학도 엉망이 됐어!'

설마, 그 전교 1등이 문혜준 아빠였을까? 진짜로?

이 추측이 정황상 가장 유력해 보였다. 궁금했던 선배의 소식이 설마 이렇게까지 가까운 곳에 있었던 걸까.

혼자만의 생각에 빠져 있던 그때, 혜준이 입을 떼었다. 진지한 표정이 그 애랑 무척 안 어울렸다.

"미안해."

"응? 갑자기? 뭐가?"

"아니, 그때 우리 아빠가 너한테 막말했던 거 있잖아. 아빠가 실업계 어쩌고 하면서 이상한 조언했던 거."

"에이, 그게 뭐가 어때서."

나는 이미 까마득하게 잊고 있던 사실이었다. 혜준이네 아빠가 내 인생에 뭐가 그렇게 중요한 존재란 말인가. 최근 너무 많은 일이 있던 탓에 그런 일 같은 건 기억도 잘 나지 않았다. 하지만 녀석은 정말 미안한 표정이었다.

"사실 나 이전부터 계속 미안했어. 왜, 작년에 너한테 우리 학원 소개한 것도 계속 신경 쓰였어. 그때, 아빠가 너한테 했던 말 다 전해 들었거든."

"아아…… 그래?"

작년에 있었던 얘기를 꺼내니 낯이 화끈 달아올랐다. 그래, 부모님과 처음으로 한 입시 상담을 내가 어떻게 까먹을까. 그런데 혜준이 그걸 신경 쓰고 있는지는 몰랐다.

"우다현, 그때 너 한동안 연락도 없었잖아. 학교에서도 부쩍 조용해졌고. 집 밖으로 잘 나오지도 않았잖아."

"야, 사춘기였어. 사춘기. 그런 걸 뭘 일일이 신경 쓰고 있냐. 그리고 네 잘못도, 너희 아버지 잘못도 아니야. 그냥 내가 공부 못해서 그런 건데 뭐. 내가 주제도 모르고 자사고를 생각한 게 문제지. 문혜준 네가 간다니까 나도 갑자기 흥미가 생기더라. 하하하."

나는 멋쩍은 웃음을 터뜨렸다. 혜준은 입을 꾹 다문 채 고개만 떨구고 있었다. 갑자기 그때 얘기는 왜 꺼내는 거람. 좋지 않은 기억을 녀석과 굳이 나누고 싶지 않았다. 어색한 침묵의 강이 우리 사이를 가로질렀다. 여러 상념 속에서 문득 나는 혜준에게 물었다.

"이거 좀 대답하기 싫은 질문이면 안 해도 되는데…….
넌 어떻게 그렇게까지 열심히 공부할 수 있는 거야? 목표가 있으면 그게 정말 돼?"

혜준을 보면 종종 떠오르는 질문이었다. 사실 녀석은 중학교 1학년 때까지만 해도 나보다 공부를 못했다. 그랬던 애가 중학교 2학년부터 성적이 오르기 시작했다. 매일 밤새며 독종같이 하던 공부였다. 당연히 점수가 오를 수밖에 없었다. 나는 그 모습이 신기했다. 아무리 결심해도 나는 그렇게 되지 않던데.

내 질문을 들은 혜준이 담담한 표정으로 답했다.

"사실…… 내 꿈이 의사인지는 잘 모르겠어."

"응?"

"의사가 내 진짜 꿈인지는 모르겠다고. 내가 의대를 지망하면 아빠가 좋아하고, 세상 사람들도 다 의사를 하라고 하고, 엄마도 의사라고 하니까 그래서 그걸 꿈으로 삼는 거야. 사실 나는 꿈이 없어."

혜준은 씩 웃어 보였다. 쓴웃음 속에 깊은 고민이 담겨 있는 것이 느껴지는 그런 얼굴로.

"그래, 그걸 중학교 1학년 막바지에 알았어. 그래서 의사가 되는 것도 쉽게 결심한 거야. 스스로 꿈이 없으니까, 남이 꾸는 꿈을 그냥 얻어온 거지."

"아니, 꿈이 없는데 공부가 돼?"

이해할 수 없는 말이었다. 그동안 나의 공부를 방해했던 가장 큰 이유가 바로 '꿈이 없어서'였다. 사실 나의 꿈은 너튜버가 아니다. 나는 너튜브를 많이 보는 고등학생일 뿐이었다. 앞으로 내가 어떻게 살지, 어떤 직업을 가질지 머릿속에 제대로 그려지지 않았다.

그래서인지 미래를 위해 내가 노력해야 하는 이유도 찾지 못했다. 초등학교 때부터 대충 터득한 요령으로 중학교 공부를 했고, 그게 먹히지 않는 고등학생 때는 공부를 포기했다. 그런데 꿈이 없어서 남의 꿈을 얻어왔다니. 그래서 의대에 진학하겠다니. 의문에 휩싸인 내게 혜준이 말했다.

"꿈이 없으니까 공부가 돼. 공부라도 해야 나중에 괜찮을 거 아니야. 꿈이 없다고 손 놓고 있으면 나중에 크게 후회할 수도 있잖아. 나는 꿈이 제대로 없으니까 공부하는 거야. 나중에 고3 돼서 혹시 꿈이 생기면 그때 아무거나 선택할 수 있게. 사실 꿈이 없어서 좋아. 그 불안함으로 더욱 열심히 할 수 있으니까."

그래, 그렇게 생각할 수도 있겠구나. 신기했다. 꿈이 없어서 공부를 포기한 나, 꿈이 없어서 공부를 더 열심히 하는 문혜준. 우리는 오래된 친구이지만 정말 다르구나. 대화하는 사이에 어느새 문혜준네 학교에 도착했다.

"이야, 너랑 대화하니까 금방 왔다. 야, 나 가볼게. 벌써 사람이 우글우글하다."

교문 앞에는 이미 많은 애들이 있었다. 벌써 등교하는 학생들, 불이 환히 밝혀진 도서관.

"어, 그래. 조심히 가."

제법 차가워진 바람이 우리 두 사람 사이에 불어닥쳤다. 새벽빛을 뚫고 혜준이 점차 멀어져 갔다.

차연의 말을 곱씹었다. 혜준과 내가 결혼한다니. 내가 녀석과 사랑에 빠진다니. 지금으로서는 사랑은커녕 우정이 계속될지도 알 수 없었다. 이대로 혜준과 멀어진다고 해도 그렇구나 하고 납득할 것 같다. 혜준과 결혼한다면, 평생 녀석이 왜 나랑 결혼했는지 의심할 것 같다.

혜준이 좋다. 누구보다 좋다. 그래서 알 수 있다. 나는 녀석을 사랑하지 않고, 우리는 우정만으로도 충분하다. 그 우정조차도 오래가지 못할까 봐 불안하다.

그 생각이 머릿속을 가득 채웠다.

마지막 예언

혜준을 만날수록 확실해지는 사실은 하나뿐이었다.

나는 현재 녀석을 사랑하지 않으며, 앞으로도 사랑하고 싶지 않으며, 그런 날이 영영 올 것 같지 않다는 것이다.

그렇다면 차연의 예언은 무엇이었을까. 미래에 대한 녀석의 이야기는 모두 거짓인 걸까. 나의 딸이라는 얘기도.

여러 잡념에 빠진 채 학교에 도착했다. 텅 비어 있을 줄 알았던 밴드부실엔 불이 켜져 있었다. 문을 여니 따끈한 훈기가 전해졌다.

"엄마, 왔어요?"

소파에 차연이 누워 있었다. 그 옆에선 성윤이 분주하게 무언가를 준비하고 있었다.

"우다현, 좀 늦게 왔네? 일단 앉아서 기다려. 커피 내린 다음 토스트도 해줄게."

나는 어처구니없는 표정으로 녀석의 아침 준비를 지켜보았다. 아니, 차연이를 간병하라고 문자 보내놨더니 왜 여기까지 데리고 온단 말인가.

"야, 문차연 아프다니까? 왜 학교로 데리고 왔어?"

"내가 어떻게 차연이를 데리고 오냐. 얘가 자기 발로 왔고, 나도 등교는 해야 하니까 같이 온 거지."

"어이구, 말이나 못하면."

나는 강성윤에게 다가가 등짝을 후려쳤다. 그리고 나도 모르게 깜짝 놀라고 말았다. 분명 녀석의 앞에선 말도 제대로 하지 못하고 어버버했었다. 그런데 도대체 언제 얘가 이렇게 편해졌지? 마치 우리 엄마가 아빠한테 하듯이 등짝을 후려치다니.

"미, 미안. 내가 너무 세게 쳤다."

"아니, 좋은데? 때리는 게 좋다는 건 아니고. 네가 친근하게 대해주니까 좋아."

강성윤이 엉뚱한 말과 함께 미소를 지었다. 하여간 착해 빠진 녀석이었다. 반에서 하는 걸 보면 자기 친구들한테는 안 그러던데. 왜 나와 문차연에게는 하염없이 무르게 구는 걸까. 왠지 모르게 마음이 말랑해졌다. 성윤의 분주한 모습이 내 긴장을 풀어주었다. 하품이 날 지경이었다. 혜준과 있을 때와는 또 다른 편안함이었다.

"하아아암."

"엄마, 졸려요?"

차연이 누운 상태에서 말을 걸었다. 신기했다. 우리의 이런 아침이 언제 이렇게 일상이 된 걸까. 그 애를 향해 가볍게 이야기를 꺼냈다.

"나, 문혜준이랑은 잘 모르겠어."

"뭘 모르겠는데요?"

"나 걔가 좋아. 근데 딱 친구로서 좋아. 걔를 응원하고 싶고, 같이 있으면 좋고 편안해. 근데 그 편안함이 너희랑 있을 때 느끼는 편안함과는 달라."

"무슨 말을 하고 싶은 거예요, 엄마?"

"에이, 몰라. 나 문혜준 안 사랑한다고. 아무리 새벽 등교를 같이 해도 그런 마음은 전혀 안 생긴다고. 결혼은커녕 이대로 계속 친구로 지낼 수 있을지도 모르겠어. 걔랑 나는 너무 다른 인간이야."

나와 문차연 사이로 아침 식사가 준비됐다. 소파 테이블에 토스트와 커피가 나란히 놓였다.

"야, 먹고 다퉈. 누가 모녀지간 아니랄까 봐 만나면 맨날 싸우냐.”

“싸우는 거 아니거든!?”

나는 고민하던 말을 결국 선언했다. 아무리 생각해도 내 결론은 이거였다.

“야, 첫사랑 특공대 해산이야. 밴드부실에 있으니까 그냥 기타나 치든가 해. 첫사랑 특공대는 무슨.”

“그게 엄마 미래라니까요?”

“아, 됐어. 됐어. 다이어리 다시 꺼내서 봐봐. 미래가 또 달라졌을 것 같아. 믿을 수 없어. 문혜준과 그렇고 그렇게 된다는 거.”

나는 성윤에게 시선을 돌렸다. 그리고 녀석에게 목소리를 높이며, 내 편 들기를 강요했다.

“미래가 어떻게 고정되어 있냐? 왜, 미국 슈퍼히어로물에서도 그러더라. 타임라인이 여러 개라고 말이야. 적어도 내 타임라인에선 문혜준과 결혼할 일이 없어. 차연이 너랑 나는 다른 타임라인에 살고 있나 보지.”

문차연은 소파에서 힘겹게 몸을 일으켰다. 땀에 흠뻑 젖은 그 애가 온 힘을 쥐어짜며 답했다.

“아니, 그렇겠죠. 엄마랑 아빠는 10년 뒤에 결혼하니까요. 지금 당장 사랑하라는 게 아니라니까요. 마음은 천천히 운명대로 움직일 거예요.”

“그럼 놔둬.”

“엄마랑 아빠는 곧 중대한 사건에 휘말린다고요. 그러니까 그걸 막고, 어차피 결혼할 거 지금부터 행복하게 살아야 한다니까요?”

자꾸만 억지를 부리는 차연이 슬슬 답답하게 느껴졌다. 내 마음에서도 짜증이 확 치밀어올랐다.

“그건 문차연 네 생각이지. 그리고 도대체 그 중대한 사건이란 게 뭔데? 왜 막아야 하는데? 운명대로 하라며. 모든 게 운명대로라면 그냥 좀 놔둬. 첫사랑 특공대는 이제 끝. 해산이야, 해산. 그리고 여긴 원래 내 아지트야. 왜 이렇게 난리를 부리는 거야.”

그 애는 마치 누군가에게 배신당한 사람처럼 나를 쳐다보았다. 그러더니 입술을 꽉 깨물고 폭탄선언을 던졌다. 시간 여행자가 던지는 마지막 예언이었다.

“문혜준, 그러니까 우리 아빠는 곧 퇴학당해요.”

“응? 뭐라고?”

믿기지 않는 소식이 밴드부실을 가득 채웠다. 차연은 매서운 눈으로 나를 노려보았다.

“문혜준 씨는 퇴학당한다고요. 요즘 산당에 시험 문제를 파는 브로커 있죠? 그 사람한테 중간고사 문제를 받아서 퇴학당해요.”

놀라운 얘기에 나는 입을 다물지 못했다. 도대체 왜 문혜준이 그런 짓을 한단 말인가. 하지만 그 애의 예언은 아직 끝나지 않았다.

"그리고 그 사실을 폭로한 건 다름 아닌 엄마예요. 중간고사가 끝난 후 엄마는 그 사실을 알게 되고 고민 끝에 아빠네 학교에 제보해요."

"그래서 나랑 혜준이가 멀어진 거야? 그게 뭐야? 아니, 그걸 진작 말해야 할 거 아니야. 그 범죄를 아예 막으면 되는 거잖아. 그리고 그렇게 공부 잘하는 애가 왜 브로커한테 문제를 사는데?"

"최근에 감기로 아팠던 거 다 알면서 왜 그래요. 제대로 시험공부 할 수 있었을 거 같아요?"

"그래서, 그래서 나보고 뭘 어쩌라는 건데? 범죄를 막으라는 거야?"

"아니요. 그건 어차피 못 막아요. 그냥 엄마가 보고 넘기세요. 엄마만 제보하지 않으면 그런 일은 세상에 없는 일이 돼요."

"그걸 말이라고 해?"

황당했다. 도대체 이런 말도 안 되는 사고방식은 어디서 배운 걸까. 이건 단순히 부도덕한 정도가 아니었다. 혜준이 정말 그런 짓을 저지른다면 그건 범죄였다. 그러니까 차연의 요구는 나보고 죄를 묵인하라는 얘기였다. 당황을 넘어 화가 나는 순간, 차연은 쓰러질 것 같은 목소리로 마지막 말을 건넸다.

"어디 한번 막을 수 있으면 막아봐요. 막을 수 있는 거면 좋겠네요. 하지만 적어도 내가 생각하기엔 그런 종류의 사건이 아니에요."

"그런 종류의 사건이 대체 뭔데?"

"사람 마음이 그렇게 단순할 것 같아요? 문혜준 씨가 뭐 대단한 악인이고, 비열한 인간이라서 문제를 샀을까요? 아니요. 견딜 수 없으니까 그런 짓을 한 거죠. 그런데 그런 사람한테 뭐 어떻게 할 거예요? 몸은 아프고, 마음은 불안하고, 공부도 제대로 못 한 사람한테 가서 엄마가 어떻게 할 건데요."

"말릴 거야. 중간고사 한 번 망친다고 그렇게 뭐가 잘못되지 않는다고."

"그렇게 말릴 수 있는 일이면 좋겠네요. 차라리 유출된 문제지로 시험 보고도 안 걸리는 방법을 연구해 보세요. 그게 설득보다 더 빠를 테니까. 아 참, 엄마 일기에 따르면 문혜준 씨는 이미 문제를 샀어요."

"장난해? 정말로!?"

나는 차연을 향해 고함을 질렀다. 도대체 이 중요한 사실을 왜 지금 말한단 말인가. 이제야 녀석의 모습이 다시 보였다. 중학생이라고 믿을 수 없는 체구의 작은 여자애. 단지 체구만 작은 게 아니었다. 이제 보니 생각하는 게 영락없는 철부지였다.

"문차연, 내가 미안하다. 네가 나보다 훨씬 어린 애라는 걸 내가 까먹었어. 이제 보니까 진짜 딱 중학생이네. 사람의 마음이 단순하면 좋겠다고? 그러면 문혜준이 뻔히 범죄를 저지르는 걸 그냥 두고 보라고? 그게 네가 생각하는 복잡함이야!?"

나의 고함을 들은 문차연이 똑같이 소리를 질렀다.

"엄마가 이러니까 이제까지 얘기 안 했던 거예요. 엄마가 괜히 나서서 미래를 이상하게 바꿀까 봐."

"막을 거야. 내가 막을 수 있어."

"막을 필요가 없다니까요!? 결과적으로 뭘 어떻게 해도 문혜준 씨는 의대에 가요. 이번 사건으로 자퇴한 다음, 검정고시를 보고 수능 쳐서 한국대 의대에 간다고요! 엄마의 노력은 아무 의미가 없어요."

"아니, 문차연 지금 너 제정신 아니야. 많이 아픈가 보네. 어차피 한국대를 가니까 다 괜찮다고? 문제 유출을 그냥 지켜보라고?"

"지금 날 병자 취급해요?"

나는 차연을 무시하고 밴드부실을 나섰다. 강성윤이 나의 등 뒤에서 무어라 외치며 나를 붙잡았다.

"야…… 이러고 갈 거야? 우리는 다 같은 특공대잖아."

"특공대는 해산이라니까? 이젠 재미도 없고 유치해. 설마 강성윤 너도 이 모든 사실을 알고 있었어? 다 듣고 문차연이랑 같이 계획 짠 거야?"

"다 들은 건 아니야. 일단 진정해 봐. 지금은 둘 다 너무 흥분했어. 앉아서 차분히 얘기하자. 문제를 해결하는 게 중요한 거 아니야?"

"하…… 뭐라도 듣긴 했다는 말이네."

나는 녀석의 손길을 쳐냈다. 이젠 아무것도 신경 쓰고 싶지 않았다. 둘 다 도대체 무슨 생각인 거야. 이게 무슨 첫사랑 특공대야. 이건 첫사랑 범죄단이라고.

모든 걸 바로잡아야 했다. 운명을 바꿔야 한다면, 더 정의롭게 변화시켜야 한다. 그게 맞다.

한 소년

찬 바람이 옷깃을 파고들었다. 밤에는 제법 쌀쌀하구나.

혜준의 집 앞에서 무작정 그 애를 기다리는 중이었다. 집엔 아무도 없는 듯했다. 녀석에게 아무리 연락해도 답은 없었다. 도저히 불 켜질 생각이 없는 창문 아래에서 문혜준을 기다렸다. 얘는 그렇다 쳐도 얘네 아빠까지 없을 줄이야. 부전자전이란 말이 딱 맞다. 걔네 아빠는 학원 일에 목숨을 걸고, 문혜준은 공부에 목숨을 건다.

춥다. 슬슬 짜증이 치밀어오른다. 그냥 얘네 집 도어록 따고 확 들어가 있을까. 비번은 아마 문혜준 생일일 텐데. 아니야, 그거야말로 진짜 범죄다.

“학교에 쳐들어가야지, 안 되겠다.”

웬만하면 걔네 학교 앞에 가고 싶진 않았다. 새벽 등교야 문혜준이랑 같이 하니까 상관없다. 그 애랑 있으면 쓸데없는 생각이 별로 안 드니까. 하지만 혼자 그 학교에 찾아가는 건 꺼려졌다. 어쨌거나 그곳은 내가 떨어진 학교니까.

“휴. 문혜준. 진짜, 진짜, 이럴 때 별로야.”

한참 투덜거리다 보니 어느새 학교 앞에 도착했다. 밤의 어둠 속에서 불안한 마음이 엄습했다. 문혜준은 지금 학교에 있는 게 맞을까. 도대체 브로커와는 어떻게 연락한 걸까. 요즘 감기로 많이 아파하던데 몸은 괜찮은 걸까. 하여간 번거로운 자식.

정문에 기대서 하교하는 학생들을 쳐다보았다. 그리고 얼마 지나지 않아 목도리를 둘둘 감싸고 있는 혜준이 걸어 나왔다.

“어, 뭐야. 우다현? 네가 웬일이야? 설마 너도 학교에서 공부하다가 와?”

나는 고개를 저었다. 오늘은 다른 핑계를 대면 안 됐다. 중요한 할 말이 있는 날이기 때문에.

“아니, 너 기다렸어.”

“나? 나를?”

난 금세 그 말을 후회하고 말았다. 우리 주위로 쏟아지는 무수히 많은 눈빛 때문이었다. 내가 문혜준을 기다렸다는 그 말에 주변이 술렁거렸다.

"아, 아, 그, 그런 거 아니고! 야, 친구끼리 기다릴 수도 있지! 빨리 오기나 해!"

내가 뱉어놓고도 이상한 말이었다. 나는 얼른 문혜준을 잡아끌었다. 쓸데없는 소란은 딱 질색이었다. 안 그래도 초등학교, 중학교 때도 이 자식이랑 사귄다는 소문 때문에 얼마나 곤란했다고.

"하하, 알았어. 갈게. 성질내지 마. 우다현."

문혜준은 반가운 듯 천진한 미소를 건넸다. 평소와 같은 그 얼굴이 안도감을 주는 동시에 얄밉게 느껴졌다. 문차연의 말이 전부 사실일까. 문혜준은 그런 엄청난 일을 저질러 놓고도 저런 태연한 웃음을 지어 보이는 걸까.

우리는 한참이나 투닥거리며 거리를 걸었다. 그리고 아무도 없는 골목 어귀에서 나는 입을 열었다.

"야, 문혜준. 잠깐 멈춰봐. 얘기 좀 해."

"굳이 여기서? 추워. 차라리 우리 집에 가서 하자."

문혜준은 흰 입김을 뿜어대며 나를 불러 세웠다. 하지만 난 단호하게 고개를 저었다. 춥더라도, 힘들더라도 오늘 여기서 해야 하는 이야기이다. 언제 그 녀석의 아버지가 들어올지 모르는데, 걔네 집에서 이 얘기를 할 순 없었다.

"아냐, 하나만 물어보려고. 대신 솔직하게 답해 줘."

"뭔데? 왜 그래……?"

"너 혹시 중간고사 문제 미리 받아놨어?"

내 말을 들은 문혜준의 표정이 순간 굳어버렸다. 그 딱딱한 얼굴은 내 추측이 사실이라고 말하는 듯했다.

"그게 무슨 소리야?"

문혜준은 어색한 웃음을 지어 보였다. 나는 이대로 물러날 생각은 없었다.

"요즘 산당에 내신 문제 유출하는 브로커 있는 거 몰라? 너도 혹시 그 사람이랑 연락해서 문제 받았냐고. 내 말 이해 안 돼? 아니면 아니다, 맞으면 맞다. 간단하게 답할 문제 아니야?"

나는 문혜준을 몰아세웠다. 어쩐지 마음이 갑갑했다. 내가 녀석을 좋아하는 건 단지 오래된 친구라서가 아니었다. 이 아이의 성실함, 정직함, 묵묵히 최선을 다하는 태도가 좋았던 거다. 친구지만 본받고 싶은 그런 모습들 때문에. 그런데 문제 유출이라니. 게다가 나까지 감쪽같이 속이려 한다니. 배신감이 들었다.

"야, 우다현. 뭔 얘기인지는 모르겠지만……."

"어설프게 거짓말하려고 하지 마."

"누구한테 들었어? 도대체 누가 그런 얘기를 하고 다녀?"

　혜준이 이런 식으로 나올 줄은 몰랐다. 누구한테 들었냐니. 나는 어처구니가 없어서 그냥 사실을 말해버렸다. 말해도 믿지 않을 그 사실.

　"미래에서…… 내 딸이 찾아와서 말하더라. 네가 이런 범죄를 저질렀다고."

　"미래? 딸? 시간 여행자라도 있다는 거야? 네 딸이 찾아와서 이걸 말해줬다고? 허 참, 지금 나랑 장난해?"

　문혜준을 향해 한 발자국 다가섰다. 녀석과 나 사이에 순간 적막이 흘렀다. 나는 천천히 문혜준에게 말했다.

　"누가 말했고, 어떻게 알았고 그런 게 중요하지 않아. 그게 사실이냐, 아니냐가 중요하지. 그런데…… 혜준아."

　"왜?"

　"그게 사실이 아니라면 아니라고 말해. 간단한 거잖아? 하지만 부탁할 게 있어."

　나의 '부탁'이라는 단어에 문혜준의 눈이 동그래졌다. 잠시 숨을 죽이던 그 애가 입을 떼었다.

　"무슨…… 부탁인데?"

　"나한테 거짓말은 하지 말아줘. 우린 서로한테 제일 친한 친구잖아."

　문혜준이 불안한 눈빛으로 나를 쳐다보았다. 그 녀석의 손이, 어깨가, 아니 몸 전체가 조금씩 떨려오는 게 보였다.

부들부들 떨던 그 애가 마침내 진실을 고백했다.

"그래, 문제 받기로 했어. 브로커한테 돈도 보냈어. 물론, 아직 문제를 건네받진 않았지만."

"언제 건네받기로 했는데?"

"이번 주 주말."

"듣던 중 다행이네. 그러면 이제 그 브로커랑 연락을 끊어. 문제를 아예 받지 마. 바로잡을 수 있을 때 바로잡아."

내 말을 들은 문혜준은 침묵을 지켰다. 안 하겠다는 말은 결코 하지 않았다. 그 애는 그저 다른 곳을 쳐다보며 내게 이런 말을 건넸다.

"야, 우다현."

"왜?"

"나 이번에 감기 진짜 심했어. 사실 아침에 나오면 안 되는데 네가 기다리고 있으니까 무리해서 나온 적도 많아."

"그럴 필요는 없었는데."

"그렇지. 그렇겠지."

문혜준이 씁쓸한 표정으로 나를 쳐다보았다. 문차연의 말이 떠올랐다. 혜준은 이미 나에게 이성적으로 호감을 갖고 있다는 그 말이. 하지만 지금 그게 뭐가 중요할까.

"학교 가선 바로 보건실로 직행한 적도 꽤 있어. 수업도 요새 꼼꼼히 못 들었고, 공부도 제대로 못 했어."

"그래서?"

"아마 나 이번에 1등 하는 건 힘들 거야. 성적이 확 떨어지겠지."

"그래서 그 유출 문제를 받겠다고? 무슨 말이 하고 싶은 거야, 문혜준? 전교 1등 하던 네가 성적이 떨어져 봤자 얼마나 떨어지겠어. 그걸 못 견뎌서 유출된 문제로 시험을 보겠다고!?"

나는 나도 모르게 목소리를 높이고 말았다. 온몸이 화끈 달아올랐다. 문혜준, 도대체 왜 이러는 거야. 내가 아는 녀석의 모습과는 너무 달랐다.

"야, 우다현! 장난해? 여긴 산당이야. 이런 촌구석 자사고에선 3년 내내 전교 1등을 해도 한국대에 턱걸이라고. 아니, 그렇게 성적 내도 못 갈 수도 있어. 전교 1등 하고도 못 간 선배도 더러 있고."

"아니, 수시 아니면 수능도 있잖아. 그리고 너 그렇게 열심히 공부했는데 왜 이렇게 걱정을 해?"

"장난해? 나만 우리 학교에서 열심히 공부하는 줄 알아!? 새벽에 등교해도 나보다 먼저 와 있는 애들투성이야. 밤 10시 넘어서까지 그렇게 공부한다고. 그런 애들 사이에서 조금이라도 삐끗하면 1등 못 지켜. 더, 더 열심히 해야 한다고! 내가, 내가 그래서 네 연락도 안 받고 열심히 했는데!"

혜준은 핏대를 세우며 소리까지 질렀다.

나는 그제야 녀석의 모습이 바로 보였다. 우직함, 묵묵함, 성실함…… 그 안에는 얼마나 많은 걱정이 도사리고 있는 것일까. 성실한 사람의 불안함은 그 성실함만큼 힘이 세다. 내가 알던 문혜준은 여기 없었다. 나와 동갑인 남자애, 안절부절못하는 한 소년만이 내 앞에 서 있었다. 그 애가 잠시 침묵을 지키다 내게 사과를 건넸다.

"소리 질러서 미안해, 우다현."

"아, 아니야. 소리는 나도 질렀는걸……."

"가볼게."

"어, 문혜준? 어디 가는데! 야, 같이 가! 어차피 너 우리 옆집 살잖아!"

그러나 문혜준은 발걸음을 멈추지 않았다. 차갑게 돌아선 등이 골목 저 끝으로 묵묵히 걸어가고 있었다. 이럴 때 묵묵함은 불안함을 지키는 힘센 파수꾼이었다.

돌아선 녀석의 불안함 앞에서 내 마음도 덩달아 불안해졌다.

혜준아, 우리의 운명을 바꿀 수 있을까.

차연의 말처럼 나는 그냥 못 본 척 넘어가야 했던 걸까.

가을바람이 내 머릿속을 멋대로 헤집고 있었다.

진실(들)

벌써 주말이 되었다.

고작 며칠 사이 많은 변화가 있었다.

첫째, 문차연이 사라졌다.

둘째, 강성윤도 사라졌다.

셋째, 문혜준도 사라졌다.

아니, 변화가 아니라 그냥 다 사라진 거네.

옥탑방엔 아무도 없었다. 애초에 그곳에 아무도 살지 않았다는 듯이. 게다가 강성윤도 전혀 연락이 되지 않았다. 어제는 심지어 내가 그토록 질색하는 케이블카를 타고 성윤의 별장까지 찾아가 보았다. 그러나 그곳에서도 두 사람을 볼 수 없었다. 나 혼자 별장 안에서 우두커니 시간을 보냈을 뿐이다. 이곳이 이렇게나 컸다니 하고 주절거리면서 말이다.

설상가상으로 돌아오는 길엔 갑자기 케이블카가 고장이 났다. 바다 위에 정지한 채 5분 동안 움직이지 않았다. 몇 분 안 되는 시간이었지만 나에게는 몇 시간은 지난 듯한 느낌이었다. 미동도 하지 않는 커다란 기계 안에서 나는 말문을 잃었다.

발밑으로 몰려드는 파도를 바라보고만 있었다. 그러다가 온몸에 힘이 빠지고, 다리가 쫙 풀리고, 무력감의 거친 파도가 몰려들었다.

아득하고 아찔한 밤바다. 내 힘으로는 그 어떤 것도 할 수 없는 밤바다.

홀로 탑승한 케이블카에서 나는 추워하며 속으로 외쳤다.

강성윤, 문차연, 문혜준. 이 자식들아. 야, 이 나쁜 자식들아.

집으로 돌아온 후엔 자포자기 상태였다. 방에 틀어박혀 너튜브만 보았다. 이런 시간도 정말 오랜만이었다.

불과 1년 전 이맘때, 나는 방에 틀어박혀 계속 핸드폰만 보았다. 자사고 입시에 실패한 이후였다. 무기력한 하루, 무기력한 주말, 무기력한 일주일, 무기력한 한 학기였다. 2학기의 절반이 지나도록 나는 학교와 집을 오가며 너튜브만 봤다. 머릿속에 그 어떤 생각도 채워 넣고 싶지 않았다.

그거 아는가. 사람이 자신에게 관심을 쏟고 싶지 않을 땐 타인을 계속 염탐한다. 스스로 대한 생각으로 머릿속이 너무 시끄러웠던 열여섯. 나는 나 자신을 내 안에서 쫓아내고 싶었다. 그래서 필사적으로 너튜브를 보았다.

"그래, 그때 하필이면 그 선배 너튜브를 봤었지."

내 입가로 슬며시 웃음이 몰려왔다. 그리고, 오랜만에 다시 그 선배의 채널을 찾아보았다. 산당영상미디어고를 졸업한 한 선배의 너튜브. 그녀는 백만 너튜버를 목표로 서울로 올라가 채널을 시작했지만 현실은 달랐다. 구독자는 1년째 만 명 대에서 오르지 않았고 영상 대부분은 고단한 일상을 보여주었다. 카페 아르바이트를 하고, 브이로그를 찍고, 그걸 편집하고, 편의점 야간 아르바이트로 하루를 마무리하는 그녀의 일상. 그 나날은 화려함과 거리가 멀었다. 그런데 화면 속에서 선배는 피곤한 얼굴로 이렇게 말했다.

"저는 졸업하자마자 백만 너튜버 딱 되고 날아다닐 줄 알았어요. 근데 현실은…… 대학도 못 가고, 취직도 못 하고, 서울 와서 알바만 30개 떨어지고 그래요. 죽고 싶더라고요. 근데요, 그때 찍은 브이로그에 여러분들이 적어주셨잖아요. '정말 멋진 청춘입니다.' 그 댓글 보고 알았어요. 아, 평범한 사람의 노력, 좌절, 이게 다 내 청춘이구나. 그리고 반드시 백만 너튜버가 아니더라도 괜찮은 삶이구나.”

그 말은 무력감에 빠져 있던 내게 큰 울림을 주었다. 그렇게 나는 무기력을 조금씩 이겨낼 수 있었다. 너튜버라는 꿈을 꾸면서. 백만 너튜버가 아니라 그냥 평범한 너튜버. 내 삶, 내 인생을 담은 그런 너튜버를 꿈꾸며.

한 사람의 노력. 그 성실함과 정직함의 소중함. 그때, 나를 구원한 건 대단한 게 아니라 작고 평범한 것이었다.

이런저런 회상에 젖어 있던 그때, 핸드폰이 울렸다. 갑작스러운 벨소리가 방 안의 고요를 산산이 쥐고 흔들었다. 사라진 세 사람 중의 한 명이 마침내 나에게 연락한 것이다.

버스에서 내리니 병원이었다.

산당에 이런 병원이 있는 줄은 처음 알았다. 바다를 마주 보고 있는 병동 앞으로 사람들이 지나다녔다. 휠체어를 끄는 사람, 의사나 간호사로 보이는 사람. 간간이 앰뷸런스의 사이렌 소리도 들렸다. 멀지 않은 곳의 파도 소리가 이 모든 풍경을 비현실적으로 느껴지게 했다.

“그러니까…… 문차연이 여기 있다는 거지?”

나는 심호흡을 하고 천천히 정문으로 들어갔다. 강성윤이 알려준 병실은 3층에 있었다. 로비에서 엘리베이터를 찾고 있던 그때, 누군가 내 어깨를 툭 쳤다.

“우다현, 왔어?”

나는 원망스러운 눈으로 그 목소리의 주인을 쳐다보았다. 며칠째 연락이 되지 않았던 강성윤을 말이다.

“그래……. 갑자기 연락해서 하는 말이 문차연이 입원했다는 거라니. 걘 어떻게…… 아니, 왜 입원까지 한 거야?”

강성윤은 누군가의 눈치라도 보는 듯 주변을 두리번거렸다. 그리고 내 손을 잡아끌었다.

“여기서 조금 나가면 카페 하나 있는데 거기서 이야기하자. 산당 사람들은 많이 안 오는 카페니까.”

“카페까지 왜 가? 아니, 문차연은?”

“일단 거기 가서 얘기하자.”

마지못해 고개를 끄덕였다. 강성윤이 괜한 억지를 부리는 아이는 아니니까. 얘 나름대로 뜻이 있겠지. 로비 뒤쪽으로 나가니 해안가로 연결되는 작은 산책로가 있었다. 그리고 그 길을 따라 오 분 정도 걷자 카페가 나왔다.

“진짜 이런 곳에 카페가 있네?”

“나름 유명해. 뭐, 다현이 너야 바다 싫어하니까 올 일 없었겠지만 말이야. 저쪽 이 층에 가면 아마 사람 없고 조용할 거야.”

성윤이 익숙한 듯이 계단을 따라 올라갔다. 나는 그 뒤를 말없이 쫓았다.

우리 둘은 음료를 가운데에 놓고 천천히 대화를 시작했다. 묻고 싶은 게 한두 가지가 아니었다.

"차연이 어떻게 병원에 입원했어? 보호자가 없잖아. 아니, 애초에 걔는 출생 신고도 안 되어 있고, 보험도 없지 않아?"

"왜, 내가 전에 삼촌네 센터에서 일하는 베트남 형님 이야기했었지?"

"문차연 처음 이사 왔을 때 말하는 거야? 고향 가서 지금은 쉰다는 직원분?"

"응. 센터에서 일하는 이주 노동자분들이 그 형님 말고도 몇 분 계셔. 그분들 중에선 여러 사정으로 미등록으로 일하시는 분들도 있고."

"미등록? 그거 불법 체류 그런 거 아니야?"

"아, 우리 삼촌이 일부러 미등록 시킨 거 아니야. 그냥 다들 여러 가지 사정으로 미등록 상태가 된 거지. 우리 삼촌은 그런 거 별로 신경 안 쓰고 일하는 타입이고. 요즘 산당에 일손이 부족해서 난리잖아. 주변 지역도 다 그렇고."

"그렇지?"

"여기 병원이 그런 미등록 이주 노동자들을 몰래 잘 받아주는 곳이야. 차연이를 그런 노동자들 딸이라고 얘기했어. 한국에서 태어났다고. 그러면 보통 사정 잘 안 묻고 입원 받아주셔."

“차연이가 입원했다는 건 사실이라는 거네?”

성윤이는 가만히 고개를 끄덕거렸다. 우리 두 사람의 고요 곁으로, 먼바다의 파도 소리가 밀려들었다. 어디선가 뱃고동 소리와 기러기가 우짖는 소리도 들렸다. 한참이나 입을 다물고 있던 그 애가 마침내 말을 꺼냈다.

“미안해, 다현아.”

“응? 뭐가 미안해?”

“사실 우린 널 속이고 있었어. 다현이 너 문혜준이랑 결혼 안 해. 차연이는 너에게 거짓 미래를 알려준 거야.”

“뭐라고?”

갑작스러운 고백에 나는 정신을 차릴 수 없었다. 이게 대체 무슨 말이야. 이게 진짜라면 왜 이런 사실을 강성윤이 알고 있는 걸까.

“차연이는 나를 먼저 찾아왔었어. 왜냐면 미래에 다현이 너랑 결혼하는 건 문혜준이 아니라 나거든.”

“어……? 내가 너랑 결혼한다고? 아니, 그것보다 그 사실을 차연이가 너한테만 알려줬다고? 왜?”

나는 강성윤을 쳐다보았다. 황당한 이야기의 연속에 화가 나기 시작했다. 성윤은 고개를 푹 숙인 채로 말을 이어갔다.

“차연이가 아프대. 미래에 네 번 정도 큰 수술을 하고, 마지막 다섯 번째 수술을 앞두고 시간 여행을 한 거래. 그리고 다현아…… 우리는 엄청 가난하고, 힘들게 산대. 너는 일용직으로 마트랑 식당을 전전하고 나도 공장이랑 공사판을 떠돌면서 일을 한대.”

“야…… 다시 정리해서 얘기해 봐. 이해 못 하겠으니까.”

“우리는 미래에 서로 사랑해서 결혼하고, 강차연이란 아이를 낳아. 하지만 그 아이는 많이 아프고, 우리는 가난하대. 그래서 엄청 싸우면서 불행하게 산대. 그게 우리의 미래라고 차연이가 알려줬어.”

“그러면 문혜준은 뭔데? 첫사랑 특공대는 다 뭐였어? 차연이랑 너는 왜 나랑 문혜준을 엮으려고 했는데?”

강성윤은 한숨을 내쉬었다. 한참 동안 심호흡하던 성윤이 결국 나머지 진실을 고백했다.

“문혜준은 미래에 진짜로 의사가 된다고 그러더라. 그리고 차연이의 주치의가 된대. 그리고 걔는 너를 정말 좋아해서 미래에 결혼도 안 한대.”

“그러면 설마 걔가 의사가 되기 때문에 나랑 엮은 거야? 내 인생이 행복해지라고? 그게 문차연, 아니 강차연의 생각이고 심지어 강성윤 너도 그걸 동의했어!? 그럼 넌 차연이를 언제 만났던 건데?”

“나는 1학기 때 차연이를 처음 만났어. 나라고 처음부터 개가 하는 말을 다 믿은 것도 아니고, 그 애 계획에 바로 동의한 것도 아니야.”

“결과가 중요하지. 강성윤, 넌 날 속인 거야. 설마 너 내가 너한테 호감이 있었다는 사실도 이미 다 알고 있었어?”

성윤이는 천천히 고개를 끄덕였다. 말로 다 정리할 수 없는 배신감이 몰려들었다. 도대체 뭐라고 해야 할까. 이 모든 게 진실인 걸까.

강성윤이 변명하듯 말했다.

“다현아, 나도 차연이의 계획대로 할 생각은 없었어. 그런데 걔가 묻더라…….”

“뭘?”

“아빠는 행복하냐고. 형제들 사이에서 힘들지 않냐고. 차연이가 그렇게 물어보는데 할 말이 없었어.”

성윤이 조용히 고개를 떨구더니 낙담한 듯 넋두리를 털어놓았다.

“우리 가족 너튜브에도 종종 그런 악플이 달려. 돈도 없고, 가난하면서 왜 애는 주렁주렁 낳았냐고.”

“그런 멍청한 댓글을 왜 읽는데?”

“그 말이 맞으니까. 나도 가끔 그런 생각에 동의해. 자식 한 명한테도 제대로 지원 못 해줄 거면서 우리 엄마 아빠는 왜 이렇게 많이 낳았을까. 우린 왜 이런 촌구석에서 아등바 등 살아야 할까. 그런 생각을 혼자서도 한다고.”

그건 한 번도 듣지 못한 강성윤의 진심이었다. 성윤이의 고민이 이렇게까지 클 줄이야. 그 애의 밝음이 걷어진 자리에 타투처럼 그늘이 자리 잡고 있었다.

“야, 강성윤. 그게 무슨…….”

“아니야, 다현아. 위로하지 마. 나 그래서 너 속였어. 차연이가 말하더라. 미래에 엄마 아빠 인생도 불행하고, 자기 인생도 힘들다고. 그래서 네 인생을 바꾸고 싶었대. 네가 혜준이랑 결혼하면, 나도 다른 사람이랑 결혼할 거고. 그러면 강차연이란 사람의 인생도 달라질 테니까. 태어날지 안 태어날지는 모르지만.”

그 사실을 고백하는 성윤은 떨고 있었다. 천진한 웃음이 가신 얼굴에 어두운 먹구름만 몰려와 있었다. 나는 그 애를 보며 물었다.

“그런데 왜 이제 와서 그런 사실을 고백해?”

“미래를 바꾸려고 노력할수록 미래가 이상해지고 있으니까. 예리 일도 원래 그렇게 되면 안 되는 거였고, 혜준이가 브로커랑 접촉한 시점도 원래보다 빨라. 무엇보다 미래를 바꾸려고 할수록 차연이가 더 아파해.”

“차연이 상황이…… 많이 심각해?”

“응. 분명히 다음 수술까지 1년은 더 남았다고 했는데, 지금 상태로는 전혀 아닌 것 같아. 어쩌면 우리가 미래를 바꾸려고 해서 그런 걸지도 몰라. 왜, 예전에 말했잖아. 나비 효과에 대해 말이야.”

“우리가 미래를 바꾸기 때문에 미래에서 온 차연이가 더 아프다는 거야?”

“응. 어쩌면 다현아, 지금 우리의 발버둥이 차연이의 상태를 더 안 좋게 만드는 원인일 수도 있겠단 생각이 들었어.”

나는 성윤을 안타까운 표정으로 바라보았다. 그리고 믿기 어려운 사실을 곰곰이 떠올렸다. 나와 저 아이가 미래에 결혼하고, 강차연이라는 딸을 낳게 된다. 그게 사실이라면 성윤이 차연에게 그토록 약했던 이유를 이제 이해할 수 있을 것 같았다.

“성윤아.”

“응?”

“그렇게 무르게 구는 것만이 좋은 건 아니야. 차연이가 억지를 부리면 단호하게 말리기도 해야지. 그걸 왜 다 들어줘?”

내 말을 들은 그 애가 잔잔히 미소를 지었다. 무슨 생각을 했길래 웃을 수 있는 걸까. 답답한 나를 향해 강성윤이 말했다.

“역시 넌 어떤 상황에서도 당당하고 멋있구나.”

“그게 갑자기 무슨 소리야?”

"사실 차연이의 얘기를 듣고도 온전히 믿기진 않았어. 너랑 나는 접점이 하나도 없었잖아. 친하지도 않고 얘기도 많이 안 해봤고 말이야. 그런데 네가 나에게 호감이 있다니, 심지어 우리가 결혼한다니⋯⋯. 정말 생각지도 못했어."

"그래서? 그 얘기는 지금 왜 하는 거야?"

"이번에 너와 같이 특공대를 하면서 첫사랑에 빠진 건 나였어. 당당한 네 모습이 좋아. 늘 소신대로 정직하게 행동하는 게 좋아. 왜 미래의 내가 너에게 반했고, 우리가 결혼했는지 알 것 같아."

나는 말문을 잃은 채, 강성윤을 쳐다만 보았다. 그러니까⋯⋯ 지금 나 고백받은 거지? 애 지금 나보고 좋아한다고 한 거지? 도대체 이게 무슨 상황일까.

충격에 빠진 나를 보고 성윤은 말을 이어 나갔다.

"네 말이 맞을지 몰라. 타임라인은 여러 가지가 있고, 지금 이 타임라인에선 내 거짓말 때문에 우리가 결혼하지 못할 수도 있지. 그렇지만 다현아, 그동안 넌 나한테 알려줬어."

"내가 뭘 알려줬는데⋯⋯?"

잠시 숨죽이던 강성윤이 내 눈을 물끄러미 쳐다보았다.

"비록 우리가 이 타임라인에서 이어지지 않더라도 내 마음을 솔직하게 고백하는 게 중요하다는 사실을 말이야. 그게 너에게 차연이 얘기를 숨김없이 하는 이유야. 내 마음을 전하는 이유기도 하고."

순간 머릿속이 텅 비어져 버렸다. 이 고백에 대체 뭐라고 답해야 할까. 나도 모르게 그 애의 눈을 똑바로 볼 수밖에 없었다. 성윤의 눈동자는 흔들리고, 눈가는 붉게 젖어들고 있었다. 흘러드는 빛살 속에서 덩치 큰 남자애가 끔벅끔벅 눈을 움찔거렸다. 이럴 땐 무어라 해야 할까. 어떤 말을 해야 하는 것일까.

"강성윤."

"응?"

"말 좀 돌려도 돼? 이 상황에서 어떤 얘기를 해야 할지 잘 모르겠거든."

"어? 어, 당연하지."

"그래, 나 문혜준 설득 실패했어. 우리가 아직 첫사랑 특공대면…… 그 얘기 해도 돼? 아, 네 고백을 거절하는 건 아니야. 이건 생각을 좀 해볼게."

내 말을 들은 강성윤이 고개를 끄덕거렸다. 잠시 생각에 빠져 있던 그 애가 가방을 뒤지기 시작했다. 그리고 거기선 생각지도 못했던 물건이 등장했다.

"야…… 그걸 왜 네가 가지고 있어?"

"차연이가 입원하면서 걔가 갖고 있던 건 내가 다 맡아뒀 거든."

성윤이는 차연이 가지고 있던 다이어리를 내게 넘겼다. 미래 다이어리가 비로소 내 품에 들어오는 순간이었다.

"갑자기 왜 나한테 주는 거야?"

"문혜준 설득 못 했다며."

"그런데?"

"그 다이어리에 브로커의 정체가 적혀 있어. 결국 모든 사태의 핵심은 그 브로커 아니야? 가서 브로커를 잡아. 그러면 문혜준도 설득할 수 있지 않을까?"

강성윤의 맑은 눈동자가 내 다이어리를 쳐다보았다. 나는 반질반질 닳은 노트의 겉면을 어루만졌다.

내가 적은 나의 미래, 여기엔 또 어떤 진실이 숨겨져 있을까.

전설의 밴드부

나는 준비한 계획을 속으로 점검하며 밖으로 나섰다.

오늘이 딱 적합한 날이었다. 엄마는 마침 아빠의 입항을 지켜보기 위해 집을 비웠다. 아빠가 먼바다를 돌다가 육지에 온 첫날이니 두 분은 밤새 긴 회포를 푸실 것이다. 그리고 그건 오늘 하룻밤 동안 나는 자유롭다는 뜻이기도 했다.

나는 다이어리를 다시 한번 펼쳐보았다. 그리고 그 안의 이름을 찬찬히 읽었다.

"믿기지 않아. 도대체 왜……."

그러나 망설일 틈이 없었다. 나는 얼른 학교로 발걸음을 옮겼다. 오늘이 어쩌면 마지막 기회였다. 다음 주면 벌써

혜준의 중간고사이고, 게다가 내일은 혜준이 말한 바로 그 날이다. 브로커에게 시험 문제를 건네받는 날. 오늘 브로커를 잡지 못한다면 예정된 미래가 도래할 것이다. 문혜준은 유출된 문제로 시험을 볼 것이고, 결국 그 사실이 밝혀질 것이며, 영영 산당을 떠날 것이다.

후문에 잇닿은 천변에선 새벽의 물소리가 가득했다. 아침 등교할 때도 이만큼 어두운 건 마찬가지인데 왜 지금이 더 무서울까. 칠흑 같은 어둠을 헤치고 묵묵히 발걸음을 옮겼다. 밤하늘 저편에서부터 그늘이 몰려와 내 마음을 채웠고, 나는 어둠 사이 환히 빛나는 별을 찾으려 애썼다. 그리고 그때, 핸드폰 진동이 울렸다.

[다현아, 연락해 줘서 고마워. 너한테 다 털어놓으니까 마음이 편해.]

메시지를 보낸 사람은 예리였다. 브로커를 잡기 위해 간밤에 예리와 긴 대화를 나눈 터였다. 내 주변에서 브로커와 접촉한 유일한 사람이니까. 고심하던 예리는 자신이 알고 있는 얘기를 모두 내게 들려주었다. 미래 다이어리의 내용과 예리의 얘기를 종합하니 비로소 브로커를 어떻게 잡을지 계획이 세워졌다.

"역시 새벽에도 열려 있네."

후문은 밤 열두 시에도 사람 하나가 들어갈 수 있을 만큼 열려 있었다. 무언가 신호라도 들어온 듯 먹장구름이 밀려나고 달빛이 환히 후문을 밝혔다. 오늘 뜨는 달은 보름달이구나. 둥근 원반에서 쏟아지는 은빛이 '산당영상미디어고등학교'란 글자를 읽어주었다. 매일 등교하는 학교지만 오늘은 어쩐지 미래의 언젠가로 건너가는 느낌이었다. 이 순간 문턱을 넘으면 시간을 아득히 건너거나, 아득히 되돌아가서 여행할 수 있을 것 같은 기분.

학교 일 층의 문은 굳게 닫혀 있었다. 그래, 그렇지. 아무리 허술한 우리 학교더라도 이 밤엔 모든 문을 다 잠가놓겠지. 나는 다이어리에 적힌 내용대로 그 옆의 창문을 밀어보았다. 지하 복도로 연결되는 창문은 수월하게 그 안을 열어보였다. 성인 남자 한 명도 거뜬히 들어갈 수 있을 것 같은 큰 창문. 무엇이 기다리는지 모르는 그 안으로 쑥- 하고 몸을 밀어 넣었다.

"으차!"

먼지가 가득할까 봐 걱정했지만 창문은 깨끗했다. 역시 브로커가 자주 사용하는 창문이어서 그런 것일까. 쿰쿰한 냄새로 덮인 지하 끝으로 천천히 걸음을 옮겼다. 나의 비밀 아지트, 첫사랑 특공대의 기지, 아늑한 밴드부실을 향해서 말이다.

마침내 밴드부실 문을 열었을 때, 안에는 내가 믿고 싶지 않았던 바로 그 인물이 앉아 있었다. 작동되지 않는다고 생각했던 고물 데스크톱, 그 물건엔 전원이 들어온 상태였고 모니터의 창백한 불빛은 밴드부실 한쪽 벽면을 쳐다보고 있었다.

"뭐 하세요?"

"아, 아, 아니. 다현이 네가 여긴 웬일이냐?"

"여긴 저희 학교잖아요. 그리고 제 밴드부실이에요. 저 이 동아리거든요."

엄밀히 따지면 동아리원은 아니었지만 그냥 그렇게 말했다. 어차피 이제부터는 브로커를 압박하기 위해 거짓말을 줄줄 늘어놓을 것이다. 이 정도는 시작에 불과했다.

"네가 이 동아리라고?"

"네."

나는 밴드부실의 불을 켰다. 폭탄이 터지듯 밴드부실 전체의 불이 들어오자, 비로소 브로커의 정체가 훤히 드러났다.

나의 다이어리에 적혀 있는 브로커의 정체는 문태극이었다. 그래, 태극학원의 원장이자 문혜준의 아버지. 나와 가장 친한 친구의 아버지가 바로 산당 전체를 뒤흔든 문제 유출 브로커였다.

"제가 이 동아리인 게 중요해요? 여기서 지금 뭐 하시는 거예요?"

"아, 그게 말이다……."

문태극은 아무 말도 하지 못했다. 그저 말을 얼버무리며 시선을 땅에 떨구고 있을 뿐이었다. 학원 상담실에서 나를 면박 주던 사람, 문혜준 앞에서 내 인생에 조언을 건네던 사람, 그때의 당당함은 어디에서도 엿볼 수 없었다.

나는 문태극을 향해 한 발자국 걸어 나갔다. 그리고 천천히 입을 떼었다.

"저, 아저씨가 뭐 하시는 건지 다 알아요."

"응?"

"저 미디어크리에이터 전공인 건 아시죠? 밴드부실에 항상 카메라 놔둬요. 그래서 거기에 아저씨가 뭐 하는지 다 찍혔어요. 그 컴퓨터도 다 확인했고요. 지문을 찍어야 전원이 들어오는 컴퓨터더라고요? 처음엔 고장 난 줄 알았는데…… 학교 지하에 있는 컴퓨터로 교육청 내부 전산망에 접속하는지는 꿈에도 몰랐네요. 그걸로 산당 학교 전체에 바이러스를 심으셨더라고요?"

카메라를 설치했다거나, 컴퓨터를 확인했다거나 하는 것은 다 거짓말이다. 그런 여유가 어디 있었겠는가. 모든 건 미래 다이어리를 통해 내가 알아낸 사실이다. 하지만 그게 지금 중요하겠는가. 중요한 건 단 하나, 혜준의 중간고사가 오기 전에 문태극이 스스로 잡혀 들어가는 것이다.

"아저씨, 그냥 자수하세요. 제가 다 신고하기 전에요."

"네, 네가 다 무슨 얘기를 하는지 모르겠구나."

"그래요? 아저씨, 예리 알죠? 배예리요. 설마 모른다고 하진 않겠죠. 우리 반 반장인데."

"너희 반 반장을 내가 어떻게 알겠니?"

"학교는 이렇게 막 들락날락하면서 왜 저희 반 반장은 모르세요? 지하의 창문도 열어주고, 후문 어디에 CCTV가 없는지도 확인해 줬는데 왜 모른다고 하세요?"

나의 말에 문태극의 눈이 휘둥그레졌다. 그가 체념한 얼굴로 고개를 떨궜다. 낮고, 무거운 음성이 바닥을 향해 쏟아졌다.

"그래, 그렇게 되었단 말이지. 이미 다 알고 있었단 말이지."

문태극은 천천히 고개를 들어 올렸다. 그의 눈빛은 내가 알던 선한 눈빛이 아니었다. 퀭한 어둠이 고인 눈동자가 나를 사납게 위협했다.

"네 말대로 내가 범죄자면 너는 지금 범죄자랑 일대일로 독대하고 있는 거다."

그 말을 듣자마자 온몸에 소름이 오스스 돋았다. 문태극이 천천히 나를 향해 다가오기 시작했다.

"무슨 배짱이지? 너 혼자만 그 사실을 알고 있는 거라면 너만 없어지면 되는 거 아니겠니?"

나는 뒷걸음질 쳤다. 이런 건 예측하지 못한 반전이었다. 내가 범죄를 알고 있다고 말하면 문태극이 순순히 자백할 거라고 생각했다. 그런데 나를 위협할 줄이야. 문태극이 내게 소리쳤다.

"설사 네가 나가서 내 죄를 말한다고 쳐봐라! 네 말을 누가 믿어줄 거 같니?"

"뭐, 뭐라고요?"

"나는 이 지역에서 제일가는 학원 원장이야. 넌 고작 실업계 다니는 고등학생이고. 누가 네 말을 믿어주겠니? 증거가 있다고? 그 예리라는 애가 과연 경찰 앞에서도 똑같은 얘기를 할까? 자기 대학이 걸린 일인데?"

"……."

문태극의 눈에 핏발이 섰다. 나는 하는 수 없이 마지막 카드를 꺼냈다.

"혜, 혜준이도 아저씨한테 거래했어요."

"뭐……?"

"아저씨 아들 문혜준이요! 익명으로 거래해서 전혀 몰랐죠? 다시 찾아보세요. 문혜준이 아저씨한테서 문제를 이미 샀으니까. 지금 안 멈추면 아저씨 아들부터 퇴학당해요."

문혜준이라는 이름 세 글자에 마침내 문태극이 멈춰 섰다. 밴드부실 안으로 조금씩 달빛이 스며들었다. 그 빛 아래에서 문태극은 천천히 무릎을 꿇었다.

"내가 내 아들과 거래했다고?"

"네. 도대체 왜 그러셨어요? 아저씨는 우리 동네에서 내로라하는 학원 원장님이잖아요. 그리고 저…… 다 들었어요. 아저씨 사실 우리 학교 출신이라면서요. 선배라는 얘기에 제가 얼마나 자랑스러웠는지 알아요?"

문태극의 눈이 회한에 잠겼다. 새벽어둠이 모두 그 두 눈 속에 모이는 것만 같았다. 그가 나를 향해 천천히 입을 떼었다.

"산당 같은 동네에서 시험을 잘 보겠다고 문제를 사는 거면 제법 공부에 관심 있는 애들이야. 이미 공부를 잘하는 애들이고."

"그래서요?"

"하지만 지방에서 공부하는 건 한계가 있어. 서울 애들은 몇백짜리 고액 사교육을 받는다. 아니, 걔네는 이미 몇천에서 몇억을 들여서 평생 공부해 온 애들이야. 산당에서 고작 학원 한두 개 다니거나 혼자 공부하는 애들이 걔네랑 어떻게 경쟁하겠니? 내신 등급을 올려서 수시로 가는 게 유일한 방법이다. 근데 고작 문제 몇 개로 등급이 밀려서 대학을 못 간다고? 그게 공평한 거야? 그게 맞아!?”

문태극은 말도 안 되는 주장을 당당하게 펼쳤다. 도대체 어디서부터 바로잡아야 할지 엄두가 나지 않았다.

“다현이 넌 아직 세상을 몰라……. 내가 사회에 나와서 산당대 출신이란 이유로, 실업계 출신이란 이유로 얼마나 무시당하는지 아니? 한국대 박사 받은 지금도 그렇게 무시를 당해. 나는 문제를 유출한 게 아니야. 세상의 격차를 줄인 거야.”

나는 입을 꾹 다물었다. 저 이야기는 틀렸다. 맞지 않는 이야기다. 하지만 문태극과 입씨름하는 것이 무슨 소용일까. 그리고 저 똑똑한 사람을 내가 어떻게 말로 설득하겠는가. 난 그저 담담하게 진실을 털어놓았다.

“그럼 혜준이가 문제를 사도 상관없는 거예요? 정작 혜준이가 문제를 샀다고 하니 놀라셨잖아요.”

“그, 그건…….”

비로소 그의 얼굴에 당황스러운 기색이 몰려들었다. 나는 문태극을 향해 한 발자국을 떼었다.

“자수하세요. 당당하게 말하면서도 정작 본인 아들이 문제를 샀다고 하니까 머뭇거리시잖아요. 격차를 줄여요? 맞는 말인 것처럼 얘기하면서, 왜 혜준이 얘기가 나오니까 곤란해하시는데요? 혜준이가 이런 짓을 한 게 옳지 않다는 거, 그걸 아시는 거잖아요."

문태극의 눈이 흔들렸다. 그 안에 담긴 어둠이 마구 출렁거리고 있었다. 그가 자포자기한 듯 바닥에 주저앉았다. 자, 이제 쐐기를 꽂을 타이밍이었다.

"자수하지 않으면 제가 신고할 거예요. 어쩌면 그때는 혜준이가 같이 조사받을 수도 있겠죠. 아저씨랑 마지막으로 거래한 사람이니까요. 하지만 그 애는 아직 문제를 받지 않았으니까, 아저씨가 지금 자수하면 다 되돌릴 수 있어요."

그는 말이 없었다. 그저 두 눈을 꾹 감은 채 자신의 어둠 속으로 파고들고 있었다. 그는 어쩌다 이렇게 되었을까.

"선생님들이 가끔 말씀하셨어요. 로커를 꿈꾸던 선배가 있었다고요. 전교 1등 하던 녀석인데 지금은 어떻게 사는지도 모른다고요. 한심하다고요. 전 항상 궁금했어요. 그 선배는 어떻게 살까. 정말 선생님 말씀처럼 어렵게 사는 걸까."

나는 입술을 꾹 깨물었다. 벅차오르는 마음은 이 모든 게 진심이란 사실을 가리켰다. 거칠게 터져 나오는 진심이 문태극에게 쏟아졌다.

"그래서 그 선배가 아저씨일지도 모른단 사실에 두근거렸어요. 저렇게 멋진 어른이 됐구나. 좋은 대학에 가서, 아이들을 가르치면서 잘 사는구나. 근데 도대체 이게 뭐예요. 제발 지금이라도 다시 멋진 어른이 되세요."

　문태극은 아무 말 없이 나를 바라보았다. 무슨 생각을 하는지 짐작하기 어려운 눈빛이었다. 한참이나 침묵을 지키고 서 있던 그가 마침내 입을 열었다.

　"알겠다……. 고교 시절 록밴드를 할 때 나는 내가 정말 멋진 로커가 될 거라고 믿었다. 하지만 세상은 내 생각과 다르더라. 누구도 그런 사람을 받아주지 않았어. 하지만 다 변명일 뿐이지."

　"아저씨는 이미 충분히 멋진 어른이에요. 로커가 아니어도요. 더는 잘못된 선택을 하지 마세요."

　문태극은 고개를 떨구었다. 그래, 모든 게 이렇게 바로잡히는 거다. 이게 맞는 길이겠지. 차연은 내게 침묵하라고 권했지만, 나는 정해진 미래대로 폭로를 택했다. 다만, 이번엔 문태극이 자수하는 방향의 미래를 택했을 뿐.

　문태극은 무거운 걸음으로 밴드부실을 나섰다. 한 중년 남자의 뒷모습이 어두운 복도 끝으로 사라져 갔다. 나는 혼자 남겨져 스스로를 다독였다. 이건 옳은 선택이라고. 이게 맞는 거라고.

　앞으로 혜준이는 어떻게 되는 걸까. 아니, 성윤이와 나 그리고 차연이, 우리 모두는 어떻게 될까.

　어쩌면 이 사건 하나로 운명의 새로운 샛길이 또 한 장 펼쳐지는 것일지도 모른다.

하지만 이내 나는 고개를 저었다. 아니다. 모든 게 끝난 건 아니다. 마무리해야 될 것이 있고, 내가 반드시 지켜야 하는 것이 아직 남아 있다.

꽃길

다음 날, 피곤에 절은 머리맡에서 벨소리가 울렸다.

아침잠을 깨운 전화의 주인공은 문혜준이었다. 일요일 아침부터 무슨 일일까. 이 전화는 좋은 소식일까, 좋지 않은 소식일까. 나는 불안한 마음으로 핸드폰을 들었다.

"여보세요."

"응, 나야. 혜준이."

"어…… 웬일이야? 전화는 진짜 몇 달 만에 하는 것 같네."

"아빠한테 다 들었어. 그리고……."

혜준은 그리고라는 말만 남긴 채 한참 동안 말이 없었다. 전화기 너머에서 그 뜻을 짐작할 수 없는 침묵이 흘러들었

다. 기나긴 고요함의 강물을 지나 마침내 그 애의 목소리가
건너왔다.

"어제 아빠가 집에 와서 모든 사실을 고백했어. 너랑 있
었던 일도. 아빠가 브로커라는 사실을 알고 나서 밤새도록
생각했어. 네가 조금은 원망스럽기도 했고, 밉기도 했어.
하지만 결국 깨달았어."

"뭘?"

"나도 아빠도 잘못 생각하고 있었다는 걸 말이야. 평생
죄책감을 갖고 살아갈 뻔했어. 나와 우리 아빠를 막아줘서
고마워."

문혜준의 담담한 목소리가 귓전을 울렸다. 오랫동안 고
민한 듯한 그 애의 목소리는 낮고, 묵직했다. 나의 오래된
친구에게 퉁명스럽게 핀잔을 던졌다. 늘 그러듯이.

"문혜준, 그걸 이제 알았냐. 바보 자식아."

문혜준은 답 대신 긴 한숨을 내쉬었다. 그 애가 일으킨
바람 소리가 우리의 통화를 어지럽게 흐트러뜨렸다.

"그래, 우다현. 미안하고 고맙다. 남은 시험까지 내가 할
수 있는 최선을 다하려고. 그러고도 안 된다면 그다음 시험
에서 또 최선을 다해야겠지. 그리고 아빠는 이미 경찰서에
갔어."

혜준이는 후련한 목소리로 그렇게 말했다. 나는 잠시 고

민하다가 진심이 가득 담긴 한마디를 건넸다.

"그래, 혜준아. 너의 정직함을, 최선을 다하는 삶을 항상 응원할게."

혜준의 후련함이 오늘 아침을 밝혔다. 그래, 내게도 시원하게 털어버려야 할 일이 남아 있다. 세수하고, 머리를 정돈하고, 옷을 갈아입으며 남은 일을 생각했다.

문차연, 아니, 강차연. 나는 그 애에게 가야 한다. 나는 성윤에게 문자를 보내고 집을 나섰다. 첫사랑 특공대의 활동을 마무리 지어야 했다.

휴일의 병원은 한산했다.

인적 드문 산책로 곁으로 스산한 바람만 불었다. 병실로 간다고 메시지를 보내니, 차연은 후문 근처 공원에서 보자는 답장을 보내왔다. 무슨 생각일까. 무슨 말을 하고 싶은 걸까.

그래, 그 애가 내게 하고 싶은 말을 알 수 없어도 괜찮다. 적어도 내가 차연에게 하고 싶은 말은 분명하니까.

"여기인가?"

병원 뒷길을 따라 걸어가니 커다란 나무 한 그루가 지키고 선 공원이 나왔다. 작은 공원의 제일 왼편에 정체를 알 수 없는 거대한 가지가 드리워져 있고, 그 밑에 아담한 벤치가 있었다. 그 앞엔 사람 한 명이 간신히 불빛을 쬘 만한 난로가 있었다.

그리고 차연은 그 불에 손을 대며 쪼그려 앉아 있었다.

"엄마, 왔어요?"

"응. 왜 그러고 있어. 추워? 이제 제법 쌀쌀한데. 몸은 괜찮은 거야?"

"네, 덕분이죠. 그리고 뭐 난로도 있잖아요."

차연은 나를 원망하는 말투로 그렇게 말했다. 두 볼에는 온화한 붉은빛이 띄워져 있었다. 담담한 차연의 목소리는 끝내 나를 다그쳤다.

"엄마가 모든 걸 바로잡은 탓에 조금 나아진 거 같아요. 엄마랑 혜준 삼촌은 결국 이어지지 않는 거잖아요. 그러니까 저도 괜찮아진 거 아닐까요? 아빠, 그러니까 제 진짜 아빠 말처럼요."

"진짜 아빠라면 성윤이?"

"알면서 왜 물어요?"

나는 차연에게 천천히 걸어갔다. 진짜 아빠라는 그 말이 내 마음을 혼란스럽게 했다. 지금은 그 애가 말하는 미래가 도무지 믿기지 않기 때문에.

"나, 잘 모르겠어."

"뭘요? 다 바로잡았잖아요. 아빠한테 다 들었어요."

아빠라는 그 말이 그 애의 입에서 다시 한번 흘러나왔다. 내 머릿속에 강성윤의 천진한 얼굴이 떠올랐다. 그리고 금세, 슬픔에 잠겨 진실을 고백하던 또 다른 얼굴도 떠올랐다. 장난스럽지만 용기 있는 성윤, 자기 연민과 슬픔에 잠긴 성윤. 내가 아는 모든 성윤 속에서 나는 그 애의 정체를 알 수 없게 됐다. 아니, 성윤을 향한 내 마음을 도무지 알 수 없게 되었다.

"나, 원래부터 성윤이를 좋아했던 건지 모르겠어. 그냥 그 애의 몇몇 부분만 보고 호감이 있었던 걸지도. 사랑은 잘 모르겠어. 물론, 최근에 가까워지면서 성윤이의 좋은 점을 정말 많이 알게 됐지. 하지만 차연이 너와 함께 날 속였다는 그 사실이 날 힘들게 해."

"그래서요?"

"네가 사는 그 미래에선 성윤이와 내가 결국 사랑에 빠졌을지도 몰라. 하지만 적어도 지금 이 순간, 그런 미래가 내 머릿속에 잘 그려지지 않아."

차연이 나를 보고 웃음을 터뜨렸다. 실소인지, 비웃음인지 모를 그런 웃음이었다.

"그러면 난 뭐예요? 지금 여기 있는 나는 뭐예요? 하하⋯⋯. 문차연도 아니고 강차연도 아닌 거예요? 장난해요? 미래를 바로잡겠다고 내 말을 그렇게 무시하더니 이제 와서 모든 걸 잘 모르겠다고요? 마음도, 미래도요?"

차연의 두 눈에 핏발이 섰다. 뻑뻑이 일어선 붉은 기운이 나를 노려보고 있었다.

"꺼내요. 엄마의 미래 다이어리 봐봐요. 다 바뀌어져 있을 테니까, 그걸 보고 행동하면 되잖아요."

"뭐라고? 갑자기 무슨 말이야?"

"미래 다이어리 지금 엄마한테 있잖아요. 그걸 봐요. 모르겠으면 미래를 엿보면 되는 거잖아요! 난, 난 지금 이 순간에도 불안해요. 엄마가 바꾸지 않은 그 미래에 뭐가 있을지! 내가 죽을지도 모른다고요!"

차연은 완전 억지를 부렸다. 그제야 나는 그 모습이 바로 보였다. 오랜 병에 시달린 한 어린아이의 모습. 공포와 불안에 떠는 열네 살의 모습. 죽음을 앞두고 있는 한 아이의 두려움이 보였다.

그 애가 씩씩거리며 계속 억지를 부렸다.

"빨리 꺼내라고요! 지금 당장 다이어리를 꺼내요!"

나는 아무 말 없이 차연을 바라보았다. 그리고 품속에서 다이어리를 천천히 꺼내 들었다.

"그래, 이거 말하는 거지?"

"네, 빨리 펼쳐요. 미래를 모르겠다면서요!"

나는 고개를 떨구었다. 이 고집을 들어줄 수는 없었다. 미래는…… 미래라는 건 그런 게 아니다. 잠시 고민하다가 나는 결정을 내렸다.

"이제 이 다이어리는 보지 않을 거야. 이건 세상에 없는 거야."

나는 다이어리를 그대로 벤치 앞 난로에 던져버렸다. 차연이 비명을 질렀고, 타닥타닥 타들어 가는 불꽃 소리가 그 애의 비명을 덮쳤다.

"어, 엄마! 뭐 하는 거예요!? 이게 뭐예요!"

차연은 급기야 난로 안에 있는 다이어리를 직접 꺼내려 들었다. 그 애의 발버둥을 내가 막아섰다. 작고 가녀린 차연을 막아서는 건 쉬운 일이었다.

"그만해. 이미 끝난 거야. 다 탔어."

"안 돼! 안 된다고요! 저게 없으면! 난 엄마의 미래를 그렇게 자세히 알지 못한다고요!"

차연의 울부짖음이 점점 거세졌다. 나는 그 애를 폭 끌어안았다. 미래를 보는 다이어리. 그 하나를 들고 과거를 온다고 뭐가 달라질까. 고작 미래를 안다는 사실이 과거를 얼마만큼 달라지게 할까.

"차연아……."

"놔줘요! 놔달라고요!"

"차연아, 미래는 원래 모르는 거야. 모르니까 의미가 있는 거고, 모르기 때문에 힘껏 살아갈 수 있는 거야. 미래를 함부로 엿보고, 바꾸는 게 말이 돼? 나는 여기 나의 현실에서 최선을 다해 살아갈 거야.”

나는 차연을 더욱 힘차게 끌어안았다. 나의 떨림과 차연의 떨림이 천천히 섞여 들었다. 두 눈에서 차갑고 흐린 물줄기가 떨어졌다.

“차연아, 이제 돌아가. 나는 나의 지금에서 내가 할 수 있는 일을 다 하면서 살아갈게.”

내 말을 들은 그 애가 털썩 주저앉았다. 몸을 가누지 못하는 그 애가 벤치에서 힘없이 중얼거렸다.

“못 가요……. 못 간다고요. 저는 여기 죽으러 온 거예요.”

“뭐……? 왜 못 가는데?”

“소원의 벚꽃은 평생 한 번만 쓸 수 있어요. 저는 과거에 오느라 그걸 이미 썼고요. 제 인생은 과거에서 끝인 거예요. 그걸 각오하고 온 거라고요…….”

차연의 눈 속에 휑한 가을바람이 불어닥쳤다. 도대체 무슨 생각이었던 걸까. 이런 사실은 누가 알려준 걸까. 그 애의 무대책에 마음이 갑갑해졌다.

“그러면 차연아, 여기서 살아가자. 이곳에서 수술하자. 어떻게든, 어떻게든 해보는 거야.”

“미래에도 안 되는 걸 과거에서 낫게 하자고요?”

"과거가 아니라 지금 이 순간이야. 너와 내가 머무는 지금, 바로 여기 현재야."

내 말을 들은 차연이 비릿한 웃음을 머금었다. 그리고 우리가 투닥거리던 그때, 병원 뒤편에서 한 남자애가 달려왔다.

"강차연! 우다현!"

숨이 벅차도록 급히 달려오는 그 남자애가 우리를 향해 다가섰다. 얼마나 힘차게 뛰어왔는지 얼굴이 터질 것처럼 붉어져 있었다.

"야, 강성윤……. 뭐 하다 이제 온 거야."

나는 성윤을 쏘아보았다. 병원에 오라고 메시지를 보낸 게 언제인데 지금 온단 말인가. 그런데 그 애는 갑자기 손을 펼쳐보았다. 그리고 차연을 향해 외쳤다.

"강차연, 이 멍청아. 간절한 소망이 너에게만 있을 것 같아!? 나도 매일 기도했어! 네가 행복해질 수 있게!"

그 애가 손을 펼친 그 순간, 주변에 거친 돌풍이 불어닥쳤다. 그리고 우리 옆에 선 거대한 나무에 갑자기 꽃이 매달리기 시작했다. 분홍색, 흰색…… 찬란하게 피어나는 그 꽃은 죄다 벚꽃이었다.

"이게 무슨……."

성윤이 쏟아지는 벚꽃을 빠르게 주워 담았다. 그 애는 그 벚꽃을 자기 손에 하나, 내 손에 하나 나누어 주었다.

“차연아, 내 소원은 네가 미래로 돌아가서 너의 미래를
잘 살아가는 거야. 우다현, 너의 소원은 뭐야?”

그 애가 어리둥절한 내게 고개를 돌렸다. 나의 소원이 무
엇이냐니. 지금 이 순간 내 머릿속을 관통하는 생각은 하나
였다.

“강차연.”

“네?”

“내 소원은 미래로 돌아간 네가 반드시 낫는 거야. 너는
무슨 일이 있어도 나아. 내가, 그리고 우리가 그렇게 소망
하니까.”

“바보들……. 정말 못 말리는 바보들. 엄마 아빠는 진짜
바보들이에요.”

그 애가 고개를 떨구었다. 웃음인지, 울음인지 모를 얼굴
이 나와 성윤을 보고 있었다. 그리고 우리의 간절한 마음은
벚꽃잎 두 장에 찬찬히 스며들었다. 꽃비 속에서 차연의 얼
굴이 흐릿해졌다.

“바보들, 정말 바보들이야. 우리 부모님은 죄다 바보 멍
청이들이야.”

벚꽃의 소용돌이 속, 마침내 강차연은 흔적도 없이 사라
져 버렸다. 그래, 떠난 것이다. 원래 그 애가 있던 미래로.
강차연의 현실로 돌아간 것이다.

그 애가 떠난 자리, 우리 귓전으로 작은 목소리만 맴돌
뿐이었다.

"바보 멍청이들아, 기다리고 있을게요. 잘 가서 기다릴
거예요."

이제까지 그 애가 이 공원에 있었다는 게 모두 거짓말 같
았다.

갑자기 비가 내렸다. 맑고 투명한 가을비가 후드득 쏟아
져 내렸다.

나와 성윤이 서로의 얼굴을 마주 보았다.

"야, 강성윤."

"응?"

"어떻게 된 거야?"

"오늘 아침에 갑자기 집 앞 나무에서 벚꽃이 피어났어.
그래서 알았지. 이게 바로 그 나무구나."

"그건 그렇다고 쳐. 아까의 일은 어떻게 된 건데?"

강성윤이 나를 향해 천진한 웃음을 씩- 지어 보였다. 대
책 없는 믿음이 그 애의 입에서 흘러나왔다.

"자식을 구하고 싶은 마음이 아빠만 간절할 리 없잖아.
다현이 너를 만나면 반드시 그 벚꽃이 다시 나타날 거라고
생각했지. 그렇게 차연이를 돌려보내는 소원이랑 차연이를
낫게 하는 소원을 빈 거야."

황당할 정도의 무대책이었다. 차연이 누구를 닮았나 했더니 성윤을 닮았구나. 나는 그 애를 바라보며 물었다.

"차연이는 괜찮아질까? 우리는 앞으로…… 앞으로 어떻게 될까?"

강성윤이 답 없이 나를 물끄러미 쳐다보았다. 투명한 빗물이 우리 사이를 가로질렀다. 그 애가 장난스러운 목소리로 이렇게 말했다.

"다현아, 나는 너 좋아해. 아직, 아니 미래에도 계속 널 좋아할 것 같아. 너는 어때?"

가벼운 말투와 달리 그 애는 온몸을 떨고 있었다. 사시나무처럼 떨려오는 그 애 곁으로 차가운 빗줄기가 나란히 섰다.

"성윤아."

"응?"

"난 아직도…… 잘 모르겠어. 너에 대한 마음을 전혀 모르겠어."

"그, 그렇구나."

나는 강성윤에게 한 걸음 다가섰다. 그리고 그 애를 가볍게 포옹하며 말했다.

"그래도 우리 정말 수고 많았어. 그리고 노력해 봐, 강성윤. 우리 앞에 미래는 아직 많이 남았으니까. 미래는 노력하는 일이잖아."

내 어깨로 물줄기가 흘렀다. 이건 어떤 물줄기일까. 강성윤이 민망하지 않도록 굳이 물어보진 않았다. 그저 나는 아무렇지 않게 말을 돌렸다.

"그나저나 차연이는 소원의 벚꽃 같은 걸 어떻게 알았을까? 누가 알려줬을까?"

강성윤이 어느새 다시 웃으며 대답했다. 울다가 웃으면 뭐가 난다는데.

"그, 그거야. 우리가 알려줬겠지. 타임 패러독스! 패러독스 같은 거지! 시, 시간 여행의 역설! 역설적으로 가능한 거 아닐까?"

"풉, 푸하하. 그것 참 편리한 시간 여행이네."

강성윤의 천진한 얼굴 앞에 나는 헛웃음을 터뜨렸다.

차연이 떠난 첫사랑 특공대는 어떻게 될까. 우리의 임무는 현재진행형일까.

미래는 알 수 없다. 그저 아무렇지 않은 농담과 장난이 매일 이어지기를 바랄 뿐.

비가 내렸다. 차가운 가을비가 서슴없이 내렸다. 나와 성윤은 서로의 얼굴을 마주 보았다. 수없이 많은 벚꽃이 에워싼 공원에서.

저는 초등학생 때 과거로 돌아가는 상상을 자주 했습니다. 이를테면, '다섯 살로 돌아가서 구구단을 외워버려야지.' '세 살로 돌아가서 단번에 한글을 깨쳐야지.' 같은 유치한 상상을 했죠. 영재가 되어 세상을 놀라게 하겠단 생각을 했습니다. 그 시절의 저는 부모님의 과거를 바꾸겠단 생각 같은 건 전혀 하지 않았어요. 오직 제 인생을 조금 근사하게 만들겠단 욕심뿐이었죠.

이제야 생각해 보면 그런 생각이 듭니다. 근사한 인생이란 게 과연 있을까요. 삶은 조금이나마 더 근사하게 살아야 하는 걸까요. 과거로 돌아갈 수 있단 선택지가 주어진다면 꼭 인생의 무언가를 바꾸어야 할까요. 어린 날의 저라면 당연히 바꿔야 한다고 대답했을 겁니다. 하지만 지금은 잘 모르겠어요. 인생을 더 낫게 사는 방법이 무엇일까요. 더 나은 인생과 그렇지 않은 인생의 구분을 어떻게 할 수 있을까요.

이 작품을 쓰고 난 뒤엔 마침내 그런 생각이 찾아들었습니다. 과거의 산당에서 고군분투한 차연이가 이곳에서 행복했으면 좋겠다는 생각이요. 저는 그래요. 과거로 가면 일단 그냥 산책을 할 것 같아요. 미래엔 사라진 골목, 미래엔 없는 음식, 미래엔 없는 풍경을 그냥 마음껏 누빌 것 같아요. 인생을 변화시키기보단 인생을 누리고 싶어요. 차연이도 이 과거를 마음껏 누렸으면 해요. 엄마의 첫사랑을 엿보는 행운. 누구도 얻기 힘든 행운을 그 애가 마음껏 재밌어하다 떠났기를요.

이 이야기가 세상에 나올 수 있도록 도와주신 슬로우리드 관계자 여러분, 그리고 힘껏 애써주신 임현정 편집자님께 감사드립니다.

무엇보다 나의 독자님들께 무한한 감사와 기쁨을 바칩니다. 산당에서의 좌충우돌이 부디 재밌었으면 하는 바람입니다. 여러분이 재밌게 기억하는 한, 다현이와 차연이, 성윤이와 혜준이의 이야기는 우리의 기억 속에서 쭉 이어질 테니까요. 이제까지 『엄마의 첫사랑 감독일지』를 읽어준 독자님. 다시 한번 고맙고, 고맙고, 고맙습니다!!!

초판 1쇄 발행 2026년 4월 13일

지은이 변윤제
펴낸이 김병호
펴낸곳 (주)슬로우리드

편　집 임현정
디자인 김민지

발행처 주식회사 슬로우리드
등　록 2025년 8월 4일 제2025-000065호
주　소 서울특별시 성동구 아차산로7길 21 4층 195호 (성수동2가)
대표전화 070-7780-7760
이메일 storycart@naver.com
인스타그램 instagram.com/slowread_publishing/
블로그 blog.naver.com/slow_read

ⓒ 변윤제, 2026
ISBN 979-11-996036-2-2 03810